한국 희곡 명작선 125

소

한국 희곡 명작선 125

소

윤정환

평민사

윤
정
환

소

서문

2014년의 일이다. 연출가 선생님 몇 분과 40대 동료 연출 몇 사람이 김포 쪽 민통선 내 마을을 방문한 적이 있다. 거기서 김포와 개성 사이 한강 하구에 덩그러니 놓인 무인도 '유도(留島)'를 보았다. 그리고 유도에 살던 소에 한 마리에 대한 얘기도 듣게 되었다. 그것이 시작이다.

1996년 여름, 북한의 홍수로 인해 황소 한 마리가 김포와 개성 사이 한강 하구로 떠내려 와 비무장지대에 위치한 '유도'에서 가을, 겨울을 나며 살고 있었다. 지뢰에 발목도 다친 상태였고 먹을 것도 부족한 무인도에서 혼자 지내며 어렵게 생명을 유지하고 있었다. 1997년 1월 인근 지역 경계를 서던 해병대는 '유도'에서 소를 발견하고 김포군과 함께 구출하였다. 구출된 소는 1998년 1월, 제주에서 올라 온 한우 암소를 신부로 맞이한 후 2006년 5월 29일 눈을 감기까지 매년 1마리씩 7마리의 자손을 남겼다. 당시 구출된 소가 한반도의 평화를 가져다 줄 것이란 기대를 하며 김포군은 그 황소를 '평화의 소', 제주에서 올라 온 신부 암소를 '통일염원의 소'라고 이름 짓기도 했다. 여기까지가 이 작품이 태어나게 된 실제 사건, 사실이다.

작품 속의 '왕소'에 대한 생각은 당시 구출된 '평화의 소'에서 시작되어 민족의 꿈과 희망을 담은 종자소, '왕소'로 발전했고 독립이 되면 한반도 방방곡곡 집집마다 소 한 마리씩은 키우게 하겠다는 임무와 소망을 가지고 자신의 역할을 완수하며 이름도 없이 사라져 간 한 독립군의 이야기와 조선 독립과 통일을 담은 이야기, 대한민국의 웃픈 근현대사의 이야기로 창작되었다.

희곡 「소」는 2016년 국립광주아시아문화전당 극장1 공간최적화 공연사업공모에 당선되었다. 2017년 김석만 선생님의 연출로 첫 시범공연을 했고 2018년 민준호 연출이 초연과 2019년 재공연을 하였다.

극단산의 레퍼토리로 더 많은 관객과 만날 수 있도록 갈고 다듬을 일이 남아 있다.

✽작가가 희곡 상에 북한 사투리를 제대로 구현하지 못했음에 대해 미리 양해를 구한다. 연습 과정을 통해서 북쪽의 다양한 사투리를 활용하면 좋겠다.
✽2015년 겨울, 제주에 집을 소 집필 공간으로 내어준 이지영에게 감사를 전한다.

2022년 7월 20일
성북동에서
윤정환

등장인물

이장 – 남. 소지우. 1941년생. 70대 후반. 우도리 토박이.

동이엄마 – 여. 송은지. 40대 초. 우도리가 고향인 이혼녀.

동이 – 남. 초등학교 5학년. 순박하지만 영리하고 호기심 많은 개구쟁이.

한수 – 남. 30대 중반. 우도리 출신. 경찰. 경장.

우연희 – 여. 29세. 새터민. 북한 혜산시 국영 소 농장에서 일했다. 함경도 억양 사용.

김우섭 – 남. 1937년 함경남도 혜산군 혜산면 춘래리 출생. 현재 DMZ 내 섬, 중도에서 독립군의 전갈을 기다리며 평생 소를 키우며 살았다. 함경도 억양이다.

어린 우섭 – 어린 김우섭. 10살 정도. 함경도 억양이다.

김흥우 – 남. 1915년 생. 김우섭의 아버지. 한국전쟁, 1.4 후퇴 때 중도에서 중공군과 싸우다가 사망. 함경도 억양이다.

수사관1 – 남. 우변우. 30대 중반. 행시 수석! 4급. 국정원 북한 담당 과장.

수사관2 – 남. 50대. 국정원 북한 담당 6급 계장.

왕소 – 황소. 우섭이 길러 북으로 보낸 네 번째 최고 우량종자소. 5년 전부터 우도리와 중도를 오가면서 생활하고 있다.

돌쇠 – 왕소와 우도리 암소 사이의 아들 소.

그 외

마을 주민들, 동물들, 정령들, 대통령, 국정원장, 남한관리, 남한대표, 해병들

남한 적십자직원, 남측변호사, 남한 여앵커, 통일부 대변인, 독립군,

북한대표, 북한관리, 북한 적십자직원, 북한 여앵커, 북측 변호사, 북측 증인,

판사, 통역

시간

일제 강점기부터 현재(2017년)까지, 5월 경

공간

공연의 기본 무대는 비무장지대의 어느 한 구역을 옮겨
놓은 것 같은 모습이기도 하고 어찌 보면 한반도 지형의
축소판 같기도 하다.
땅이 있고 강이 있고 강 중앙에 섬도 있고 강 건너 양쪽으
로는 남북한의 또 다른 땅이 있다.
객석은 이 작품의 공간 여기저기에 있으며 무대 양쪽에
땅으로 설정된 공간 역시 객석으로 이용되기도 하고 무대
로 쓰이기도 한다.

주(主)무대는 서로 마주보는 양쪽 객석 사이의 가운데 공
간이다.
극중의 중심 공간은 한강 하구 민통선 내의 마을인 우도
리와 한강 하구 강 중앙에 있는 섬 중도이다. 중도는 육지
에서 이어진 군사분계선 철조망이 없는데도 불구하고 남
북 사이를 흐르는 강에 의해 갈 수 없는 섬이다.
(중도는 김포와 개성 사이의 무인도 '유도'가 모델이다)

우도리 마을 북쪽 조금 멀리에 북쪽을 바라볼 수 있는 망
산(望山)의 주봉인 소 할배 언덕(소 등을 닮은 언덕)의 볕
마루가 보인다.
볕마루에는 세월을 간직한 오래된 소나무 한 그루가 서
있다. 간혹 그 아래에서 동물들이 멀리 북쪽을 바라보며
서 있는 모습이 보이기도 한다.

무대 공간에는 여기저기 버려진 채로 오랫동안 비무장지
대에 남아 있는 전쟁의 흔적들이 보인다. 녹슬어 부러진
탱크의 포신, 지뢰 표지판, 위험 표지판, 녹슨 군번줄이 걸
린 녹슨 총, 구멍 난 철모, 바람 빠진 바퀴의 손수레, 버려
진 군용차, 38선 표시판, 다양한 영어 표지판, 러시아어 표
지판 등등.
오랜 세월을 살아온 나무들과 풀, 그리고 여기저기 총탄
자국의 바위들도 보인다. 비무장지대를 제 집 마당인양
돌아다니는 다양한 동물들도 종종 보인다.

장면 연출에 따라 동물이나 정령들의 위치가 장면이 진행 되는 중간에 달라져도 무방하다. 그들은 극중의 인간과 달리 극의 공간을 자유롭게 다닐 수 있는 모습을 보이면 좋겠다. 그들은 등장인물인 동시에 때로는 공간에 배치된 대소도구가 되기도 한다.

무대 가장 자리 네 곳 높은 곳에는 군 초소가 있는데 초소의 초병은 장면에 따라 남북한의 군복을 입기도 하고 때로는 유엔군 군복을 입기도 한다.
또한 초소에는 장면에 따라 남북의 국기가 걸리기도 하고 때로는 한반도 주변 열강의 국기가 걸리기도 한다. 여건상 어렵다면 초소는 반드시 높은 곳에 집처럼 된 구조물처럼 지을 필요는 없고 아주 단순화 된 야전 초소의 모습이어도 좋다.

무대 공간은 가능하다면 영상의 맵핑(Mapping) 기술을 활용하여 무대 장치와 영상의 조화로운 운용을 통해 여러 공간들이 다양하게 표현되길 바란다.

관객 입장이 마무리 되면 군부대의 취침나팔소리 들리며 극장 전체가 어두워진다. 깊은 잠을 자고 싶은 군인들의 마음을 대변하듯 너무도 평안한 음악이 흐르다가 어둠과 고요로 빠져든다.

1장. 프롤로그.

비무장지대 어느 곳.
어둠과 고요를 깨는 기상 나팔소리와 함께 밝아오는 아침.

잠에서 깬 정령들 여기저기에서 나타나 인사를 나누는데
까치가 다급하게 날아와 소식을 전한다.
이 장면 전체가 음악적으로 표현되면 좋겠다.

까치   이상해. 이상해. 갑자기 왜 이러는 거야? 이건 아니지!

지뢰표지판 까치야, 너 그렇게 막 다니다 지뢰 밟고 발목 부러진다. 차
          라리 날며 얘기해.

까치   요즘 살이 좀 쪄서 날기가 힘들어.

멧돼지   새가 날지도 못하고 자랑이다.

소나무   곧 양쪽 방송도 시끄러울 텐데 너까지 이러면 정말 정신
          없어.

토끼   무슨 일인데 그래?

까치   왜 우리 땅을 쳐들어와? 지들이 뭔데?

지뢰표지판 누가 쳐들어와? 여긴 아무도 못 들어와! 지뢰 밟으면 어쩌
          려고!

까치   내 말이! 지금까지 가만있던 것들이 왜 지랄이냐고.

부러진 포신 알아듣게 좀 얘기 해 봐.

까치 여긴 65년이 넘게 우리만 살았어. 우리가 주인이야.

토끼 그래! 누가 아니래?

억새 그래서 우리가 여기 있는 거지.

두루미 요약하면 여긴 우리 땅, 주인은 우리. 그런데?

까치 그런데, 양쪽 인간들이 얘기도 없이 막 들어와서 풀을 제거하고 지뢰를 찾아 없애고 터를 고르고 뭔지 모를 공사를 하고 있어.

모두 어디서?

까치 저기, 중앙에서!

멧돼지 거긴 우리 땅 중에도 제일 좋은 곳인데.

소나무 양쪽이 같이 들어왔다고? 그건 말이 안 되는데!

지뢰표지판 맞아. 지금까지 그런 일은 없었어.

토끼 대체 무슨 일인데 그러지?

까치 중도 사건!

두루미 중도 사건!? 말도 안 돼.

부러진 포신 그건 서로 얘기만 잘 하면 되잖아.

억새 양쪽이 남도 아니고!

토끼 말이 안 통하는 것도 아니고!

멧돼지 이건 무단 침입이야.

까치 아냐. 이건 침략이야!

소나무 인간들이 들어오면 우리 터전은 오염될 거야. 대책이 필요해.

토끼	(일어나며) 일단 전체에게 알려서 모두 모이게 하자.
두루미	(움직이며) 난 동쪽으로 전할게.
지뢰표지판	거긴 서쪽이야.
두루미	작년에 남쪽에서 먹은 농약 물 때문인지 가끔 이런다니까.
까치	이젠 뭐든 잘 살피고 먹어야 돼. 그리 가. 내가 동쪽에 알릴게
지뢰표지판	애들아, 우린 일단 지뢰와 위험물들을 중앙으로 모으자. 인간들이 두려워하게!
부러진 포신	우리 땅은 우리 힘으로 지키자!
모두	침략자를 몰아내자!

정령들이 여기저기 흩어지며 소리친다.

"침략이다! 모두 일어나! 침략자를 몰아내자!"

정령들은 여기 저기 소리치며 사라지는데

그 외침과 겹치며 울리는 전화벨.

2장. 북에서 온 전화!

적십자사 남한연락사무소.
전화벨 울리며 무대 한 곳에 조명 들어온다.
남한관리, 전화기의 스피커를 켜고 대화를 한다.

남한관리 (거만하게) 대한민국적십자 남한연락사무소 대북연락주무
관…

무대 다른 곳에 조명, 북한사무소이다.
두 사무소는 물리적으로는 바로 옆에 있는데 너무도 먼 느낌이다.

북한관리 안녕하십네까? 그동안 잘 지내셨습니까?

남한관리 아, 뭐, 덕분에. 그쪽도 잘 지냈소?

북한관리 동무는 여전히 말이 조금 짧습네다. 북에 와서 예의범절
을 좀 배워야갓어.

남한관리 남한 식으로 하는 거니 신경 쓰지 마시고 어쩐 일로 전화
를 다 주셨을까?

북한관리 이 동무 참 딱딱하구만. 내래 기분이 별루지만 공적인 일
이니 당장은 내가 참갓소. 저번처럼 빼 먹고 보고 해 가지
고 오랜만에 좋게 진행 될 북남 대화를 망쳐 버리는 일 없

도록 잘 처들으라우.

남한관리 빼먹긴 뭘 빼먹어? 말뜻이 약간 달라서 쬐끔 잘못 전달된 거지. 동무도 남한을 좀 고려해서 말을 하라우. 그럼 내가 잘 알아들을 거 아니갓어?

북한관리 알갓어. 알갓어! 이 동무, 가끔 당황하면 동무래 북조선말 하는 거 알간? 여튼 동무가 우리말 쓰면 내래 참 반갑소. 여하튼 길게 얘기할 시간 없으니 지금부터 하는 말 정신 똑바로 차리고 두 귀 쫑긋 세우고 잘 처들으라요. 이번 일 은 인도적 차원에서 반드시 완수해 주기 바라오. 조선민 주주의 인민공화국의 위대한 백두혈통을 타고난…

갑자기 전화벨 울리고 무대 여기저기서 통화 하는 모습 보이다가 다른 공간들 급하게 암전되고 무대 한곳에 조명 들어온다. 대통령 집무실이다.

대통령 곰곰이 생각해 봤습니다. 대통령으로서도 또 저 개인으로 서도요. 그런데 개들이 스스로 인도적 차원이라는 말을 썼다고 해도 이번 일은 뭔가 다른 꿍꿍이가 있는 것 같다 는 결론을 내렸습니다. 어쨌거나 일단 찾는 시늉은 해야 겠지요. 뒤로 까는 호박씨 조심하시고 소 잃고 외양간 고 치는 일 없도록 치밀하게 준비해서 한 번에 잘 처리 해 주 세요. 근데 요즘 소고기, 비싼가요?

국정원장 죄송합니다. 제가 돈을 낸 적이 없어서… 바로 확인하여

보고 드리겠습니다.

대통령   국가정보원이란 이름에 맞게 모든 정보를 가지고 계셔야
죠. 원장님은 잠실야구장 개미 숫자까지도 파악하고 있어
야 합니다.

국정원장   잠실야구장엔 개미가 없습니다. 잔디에 쓰는 약이 워낙
강해서요!

대통령   그랬군요! 수고 하세요. 아, 가시는 길에 비서실장에게 오
늘 저녁은 소고기 먹자고 전해 주세요.

국정원장   네. 알겠습니다.

대통령   시간 되시면 같이 드시러 오시구요.

국정원장   저는 놈부터 찾은 후 편히 먹겠습니다. 맛있게 드십시오.

대통령   그러세요. (인터넷 뒤지며) 소는 어디 소가 제일 맛있나?

국정원장 나가고 대통령이 인터넷에 소와 관련 된 사이트를 찾아
열자 다소 웃긴 소 울음소리 나고 대통령은 소 울음소리 흉내 내
며 암전된다.

3장. 우도리의 소!

우도리 마을 공동 우사 앞마당. 저녁 시간.

평상 하나 놓여 있고 무대 한쪽에 물 펌프와 수도 보인다.

논, 밭일을 한 차림의 마을 사람들이 서로 수고했다고 격려하며

들어와 평상에 앉기도 하고 수도에서 씻기도 한다.

이장　　모두 수고들 했어.

동이　　(가방 메고 반대편에서 들어와 엄마에게 가방 준다) 엄마.

동이엄마　왔어.

동이　　(우사 쪽으로) 왕소야, 돌쇠야!!

왕소/돌쇠　음메~!

이장　　동이야.

동이　　네, 이장님!

이장　　왕소가 오늘은 배가 많이 고플 거야. 이집 저집 일을 좀 많
　　　　이 했거든.

동이　　예. 걱정 마세요! (왕소, 돌쇠가 동이에게 다가온다) 왕소가 다
　　　　알아서 먹어요!

이장　　그래. 어서 가 봐라.

동이　　네. 돌쇠야 저녁 많이 먹고 있어. 갔다 올게. 왕소야 가자.

왕소　　음메~!

동이엄마 동이야 잘 다녀와. 조심하구.

동이와 왕소는 망산 쪽으로 걸어간다.
돌쇠는 따라 가다가 마당 한쪽의 우사 방향으로 들어간다.

연희 참 희한합네다. 왕소가 여물 먹는 것을 한 번도 못 봤는데 힘은 내가 아는 소중에 최고입네다.

이장 왕소 먹이는 동이가 알아서 하니 넌 신경 안 써도 된다.

연희 예. (동이가 나간 쪽 보며) 가끔 동이랑 왕소를 보면 서로 말이 통하는 것 같습니다. 제가 북에서 소랑 10년 가까이 지냈는데도 동이 같은 사육사는 없습니다. 차원이 다릅니다. 부럽습네다.

동이엄마 이장님, 돌쇠도 이제 제법 일을 하죠?

이장 응. 왕소만은 아니지만, 제법 하지.

주민 남1 돌쇠, 힘도 엄청 쎄요. 돌쇠를 소싸움 대회에 한번 내보내면 어떨까요?

연희 말이 나왔으니 말인데 북에서는 소싸움으로 진정한 승자를 가리디요! 소고, 사내고 중요한 거이 바로 힘 아니갔습네게! (은지 보며) 안 기래요, 언니? 힘! 히히히!

동이엄마 너무 힘만 세도 징그러워! 그리고 소싸움은 좀 잔인해!

연희 사람들 눈으로 보면 잔인 하디만 짐승들 세상은 고저 힘만이 지배하디요.

주민 여1 우도리 소의 강력함을 전국에 알리면 더 좋은 거 아니야?

난 소싸움 찬성!

동이와 왕소가 멀리서 마을을 돌아본다. 왕소 울음소리 들린다.

동이　(멀리서) 소싸움은 안 돼요.

왕소　음메~!

이장　허허허, 저기 애비인 왕소가 안 된다고 하네!

연희　실은 힘이 워낙 좋아서 한번 해 본 말입네다. 북에선 고저 소싸움도 있고 소타고 말자처럼 경주하는 것도 있습네다.

이장　그렇구만. 남한도 저 아래 청도에 소싸움이 있지만 우린 그냥 소를 위해서 하지 말자는 거야. 자, 다들 수고들 했는데 막걸리 한잔씩 하자고.

마을 사람들, 막걸리를 마시고 음식을 먹으며 담소를 나눈다.

연희　(한잔 마시고) 저는 여물 준비하러 가갓습네다. (일어난다)

한수　(자전거 타고 들어오며) 연희 씨, 연희 씨, 스톱! 스톱! 우도리 소들을 위해 여물을 만들고 소들의 진정한 돌봄이로 활동하고 계신, 멸종위기에 처한 남남북녀의 절세미인, 우연희 양을 돕기 위해 자유 대한 최고의 경찰, 경장 김한수 바로 출동했습니다. (연희 앞에 서며) 같이 가요.

이장　한수야, 필요한 거 있으면 우리 밭에 것 가져다 쓰거라.

연희　아닙니다. 공전(公典)에 아직 많습니다. 공전 것들 다 쓰면 그러겠습네다.

동이엄마 연희 씨 오고 나서 여물 걱정 안 해서 정말 좋아.

연희 오히려 내래 내 일이 생겨서 엄청 좋습네다.

이장 그래. 열심히 해라. 머지않아 니 소도 떡 하니 생길 테니까! (한수를 한쪽으로 데리고 가서) 알아보라고 한 거 어떻게 됐나?

한수 예. 알아봤는데요, 검문소 애들은 모른다고 하고 출입일지에는 기록이 없습니다.

이장 그래? 어쨌든 아무래도 뭔가 수상하니 조심해야 한다.

한수 오늘부터 본격적으로 조사해 보겠습니다.

이장 은지야, 왕소가 온 지 얼마나 됐지?

동이엄마 동이 7살 때 처음 왔으니까, 6월이면 만 5년 되는 거네요.

이장 정말 이제 얼마 안 남았어.

주민 여2 뭐가요?

이장 우도리의 전설! 마을 사람들 각자 자기 소 한 마리씩 생기는 그날 말이다! 내가 그걸 보고 죽어야 할 텐데…

주민 남2 아이고~. 뭔 말씀이세요. 제일 팔팔하시면서. 제일 오래 사실 것 같은 데요! 안 그래요? (마을 사람들, 동의하며 한마디씩 한다) 저희보다 훨씬 오래, 쭉~ 사실 걸요.

이장 그럴까 그럼? 하하하! 우도리 전설도 이루고, 나도 우도리의 전설이 되는 거네! 모두 찬성인거지? (모두 웃는다) 은지야, 이게 다 동이가 왕소를 데리고 온 그날부터 시작된 일이다? 왕소도 보물이지만 진짜 보물은 바로 동이야. 잘 키

워야 한다!

동이엄마 네. 걱정 마세요. 이장님.

이장 자, 다 같이 잔 들고 건배 한번 하세. 아! 얼마 전 잠깐 얘기 했네만 요사이 마을에 뭔가 수상한 기운이 있으니 다들 조심들 하자고! 뭔가 알게 되면 즉시 공유하고 낯선 사람 잘 살피고. 우도리의 전설을 위하여!

주민들 위하여!

마을 조명 조금 어두워지고 무대 다른 쪽 밝아진다.
마을을 살필 수 있는 높은 곳이다.

국정원 수사관 두 명이
각자의 공간에 숨어서 마을을 감시하며 무전으로 속삭인다.
점차 어두워지고 달밤이 된다.
마을 사람들은 야외용 등불을 켜고 술을 계속한다.

수사관1 확실히 이상한 마을이야. 마을 제일 노른자 땅에 공동 우사가 있고 자기 소도 아닌데 같이 관리하고 자기 밭도 아닌데 동네 소가 다 같이 밭을 갈고 짐도 나르고⋯

수사관2 한 집 건너 한 집마다 소 한 마리씩 다 있구요.

수사관1 소뿐만이 아니고 마을 운영 방식도 이상해. 조선시대, 정약용도 아니고 정전법이 뭐야! 마치 공산주의를 보는 것 같단 말이야.

수사관2   정약용 선생이 공산주의자입니까?

수사관1   (한심하다는 듯이) 이계장님! 공동 경작 공동 분배. 그게 원래 공산주의잖아요. 안 돼서 탈이지. 그리고 소를 낳으면 마을 사람들이 나눠 갖는다는 게 말이 돼요? 소가 돈이 얼만데!

수사관2   (진지하게) 과장님, 그러고 보니까 소들이 다 잘 생기고 튼튼하고 서로 닮은 것 같습니다.

수사관1   계장님도 참, 소가 잘생겨봐야 한 점 소고기 밖에 더 됩니까. 그걸 뭐 그리 진진하게 얘기해요?

수사관2   잘 생긴 놈이 맛도 더 좋지 않을까요?

수사관1   소, 얼굴 보고 드신 적 있으세요? 그만 하시고 집중 좀 합시다. 아참, 이 마을이 몇 가구죠?

수사관2   스물다섯 가구입니다.

수사관1   민통선 안에 이런 작은 마을이 뭘로 이렇게 부자가 됐을까요? 혹시 북의 공작금 지원을 받아서…

수사관2   (웃으며) 에이~! 지금이 어떤 시대인데…

수사관1   이 계장님! 지금 나 비웃었어요? 나 수석만 한 사람이에요.

수사관2   죄송합니다. 만일 과장님 말씀대로라면 우도리는 간첩단 마을!

수사관1   모든 가능성을 열어두고 조사합시다. 해 지면 계획대로 실시합니다.

수사관2   정말 말씀하신대로 합니까?

수사관1   왜? 내 계획이 이상해요? 이 계장, 나…

수사관2   수석만 하신 거 압니다. 죄송합니다.

수사관1   시키면 시키는 대로 합시다.

수사관2   네. 알겠습… (수사관1, 무전 끊는다) 어린놈의 새끼가! 한 번 만 걸려봐라! 진짜!

까치가 수사관1 있는 곳을 지나가다가 수사관1 머리에 침을 뱉고 날아간다.

수사관1   (머리 만지고) 어! (냄새 맡고) 새똥! 저(좆) 까치 새끼, 죽여 버려!

수사관1, 화를 내며 까치를 잡으려는지 혼내려는지 쫓아간다.
수사관2는 망원경으로 마을을 살핀다.
수사관들 공간 어두워진다.

망산 볕마루 보이는데 동이가 강 건너를 보며 풀피리를 불자, 강 건너에서 왕소가 워낭소리로 화답하는 것 같다.

한수와 연희가 망산 다른 방향에 있는 산마루에 보인다.
연희는 북한 가요를 허밍으로 부른다.

한수   난 요즘 가끔 이런 생각을 합니다. 내가 우도리의 소로 태 어났으면 얼마나 좋았을까 하구요. 왜냐하면 우리 예쁜 연희 씨가 밥도 주고 목욕도 시켜주고 팔다리 마사지도 해주고. 우도리 소가 정말로 너무너무 부럽습니다.

연희 별말씀을 다 하십니다. (사이) 한수 동무, 이리 앉아 보시라요.

한수 왜요?

연희 내 손은 약손입네다. 약손 안마 한번 받으시라요.

한수 두 번, 세 번도 받갓습니다. 연희 동무 감사합네다.

연희 허튼 생각 마시라요. 지난 주, 일 도와준 보답이라요.

두 사람 공간 흐릿해지고 마을 공간 밝아진다.

주민 남1 저 연희 씨가, 북에서 했다는 소 마시지가 예술이야. 형님도 봤죠?

주민 남2 두말하면 잔소리지. 그걸 볼 땐 나도 소가 되고 싶다.

주민 여2 (주민 남2에게 다정하게) 내가 여물 주걱으로 마사지 좀 해줄까?

주민 남2 그게 마사지냐? 타작이지!

주민 여2, 주민 남2에게 달려든다. 둘, 몸싸움 벌이다가 우스꽝스럽게 넘어진다.

주민 남1 형님, 뒹굴 거면 집에 가서 뒹굴어요. 왜 여기서 난리래요!

마을 사람들 웃는다.

이장	한수가 오늘부터 지 아버지 집에 머물면서 동네 살피기로 했으니 오늘은 그만 들어들 가세. 난 우사 좀 들렀다 감세.
사람들	예.

달빛이 은은하게 마을을 비춘다. 풀벌레 소리 들려온다.

마을 사람들 인사하며 나가는 모습이 실루엣으로 보인다.

점차 어두워지면 은은한 음악 흐른다.

4장. 비밀을 지켜라!

우사 앞마당. 밤.

앞 장면의 음악 흐르며 어둠속에서 누군지 모를 두 사람. 마당을 지나 우사로 향하는 모습 보이다가 갑자기 "서라!. 도둑이다. 저놈 잡아라. 아이고, 아악" 등등 소리 나며 현란한 조명으로 사람들 모습이 이상하게 보인다.

잠시 후 수사관2의 "잠깐만요!" 소리와 함께 조명 밝아지면 평상 위에 소 탈을 쓴 두 사람 포승줄에 묶여 앉아 있고 농기구를 든 마을 사람들이 그들을 포위하고 있다.

한수   (권총을 겨누고) 꼼짝 마. 경찰이다. 너희를 소도둑, 아니 소 절도 현행범으로 체포한다. 묵비권을 행사할 수 있고 변호사를 선임할 권리가 있다.

이장   (작대기로 때리며) 소똥만도 못한 놈들. 니들이 이런 탈 쓴다고 소가 되냐? 벗겨라!

주민 남1,2는 탈을 벗긴다. 수사관들의 얼굴 드러난다.

한수   니들 뭐하는 놈들이야?

수사관2   믿지 못하겠지만 우린 국가의 비밀 임무를 수행 중이라서…

수사관1   (사무적으로) 김 경장! 사람들 해산하고 본서로 갑시다.

한수   김 경장? 너 나보다 어린 것 같은데 반말 하면 죽는다. 까불지 말고 묻는 말에 대답이나 똑바로 해! 니들 여기 어떻게 들어왔어? 왜 검문소 출입일지에 기록이 없어? 빨리 말해!

수사관1   얘기했잖아. 비밀 임무 수행 중이라고!

이장   (작대기로 위협하고) 이런, 버릇없는 놈! 어른한테 말버릇이…?

수사관1   영감님, 내가 누군지 알아요?

주민 남2   (때리며) 알지~! 싸가지 없는 소도둑놈!

주민 남1   (때리며) 현행범이고!

수사관1   (화나지만 참으며) 당신들 이러다 다쳐요! 김경장. 좋게 얘기할 때 본서로… (한수가 때리려 한다)

수사관2   김 경장님! (한수를 한쪽으로 밀며) 저랑 얘기 좀 하시죠.

한수   (다가오는 마을 사람들을 말리며) 제가 알아서 할게요.

수사관2   이건 정말 국가 기밀입니다. 절대 발설하면 안 됩니다. 알겠죠?

한수가 사람들에게 떨어져 있으라고 한 후, 수사관2 귓속말을 듣고 수사관들을 의심의 눈으로 본다. 수사관2의 주머니에서 신분증을 꺼내본다.

한수, 놀라지만 애써 태연한척 하며 수사관1을 손짓으로 가리킨다.
수사관2가 수사관1을 가리키며 말한다.

수사관2 (한수만 듣게) 대북담당 우변우, (모두 듣게) 과장님이십니다.
한수 (주민 남1,2에게) 풀어주세요.

마을 사람들 웅성대고, 한수는 수사관2의 포승줄을 풀어준다.
남자들, 마지못해 수사관1을 풀어준다.

이장 한수야, 대체 이놈들, 뭐냐?
한수 이장님, 죄송하지만 일단 본서로 가서 조사를 좀 해 봐야….
수사관1 김 경장, 계장님, 갑시다.
이장 잠깐! 가긴 어딜 가? 조사 해야지. 당연히 해야지. 하지만 니들이 어떤 놈이고 여기 왜 왔는지 말하기 전에는 여기서 한 발짝도 못 움직인다.
수사관2 어르신 진정하세요. 경찰에서 다 알아서 할 겁니다.
이장 여기 주인은 우리고 니들은 우리 소를 훔치려 했다. 그리고 우리가 니들을 잡았다. 그러니 우리한테 말해. 우리가 먼저 알아야지. 그게 순서지!
수사관1 영감님, 국가 기밀이라고 했잖아요.
이장 (호통 친다) 네 이놈! 여긴 우리 땅이고 우리 집이야. 우리 땅, 우리 집에서 벌어진 일을 우리가 모르는 게 말이 돼? 그게 대체 어느 나라 법도야?

수사관2 어르신, 정말 국가 기밀이에요. 우리 좀 보내 주세요.

한수 이장님, 진짜인 것 같아요. 제가 가서 조사를 해 보겠습니다.

이장 (소리친다) 그럼! 한수 너라도 말을 해!

수사관1 김 경장! 말하면 당신 옷 벗을 수도 있어.

이장 (큰 소리로) 막걸리~! (주민 남, 한 사발 따라 준다. 이장, 급히 마신다) 한수 이놈아~! 너희 집안과 우리 집안이 어떤 사인데… 내가 널 업어 키운 날이 얼마인데… 니가 나한테 이래서는 안 된다. 니가 이놈들의 비밀을 지키겠다면 난 너의 비밀과 비리를 이 자리에서 폭로하고 또 경찰서에 가서 다 폭로할 수밖에 없다.

한수 이장님, 갑자기 무슨 말씀이세요? 제가 뭔 비밀이 있고 비리가 있어요?

이장 설날이면 항상 비밀이 생겼지. 너 우리 집에 와 세배하고 나면 항상 나랑 소주 두세 병은 까고 집으로 가지 않았냐? 너 그때 뭐 타고 갔냐? 소 타고 갔냐? 아니다. 넌 경찰이다. 그래서 경찰 백차를 타고 갔지. 순찰차 타고 세배 다니면서 여기서 한잔~ 꺾고! 유턴~, 저기서 한잔~ 꺾고! 유턴~, 그렇게 마신 술이…

한수 (조금 당황하며) 그만 좀 하세요. 제가 언제 그랬다고…

이장 더한 거를 말해 줄까? 너, 연희가 우도리에 온 후 우사에 자주 들렀지? 소를 본다고 들르지만 사실은 연희 보러 오는 거 다 알고 있다. 그전엔 니 초등학교 선배인 동이엄마, 송은지 보러 다니다가 1년 전 젊고 예쁜 연희가 오니까 취향이 싹 바뀐 거지! (한수 주머니에서 핸드폰을 꺼내며) 니 핸드폰에 소를 돌보는 은지와 연희를 몰래 촬영한 사진들이…

핸드폰은 이장에게서 주민 남1,2에게로 이어지고 한수는 그것을 잡으려고 애쓴다.

동이엄마   한수, 너?

연희   한수 씨?

주민 남1   형님, 몰카 이거 사실이면 공무원이 큰일 날 일인데…

주민 남2   한수, 너 그런 놈이었냐?

한수   아녜요. 형님. 오해예요! 누님도, 연희 씨도 소 돌보는 모습이 너무 아름답고 사랑스러워서…

마을 사람들   (일동) 오~

한수   몰카는 무슨 몰카예요? 제 취미가 사진인 거 다 아시잖아요?

마을 사람들   (일동) 아~.

수사관2   김 경장님, 절대로 말하면 안 됩니다.

주민 남2   한수야, 뭔데 그래? 말해 봐. 우린 비밀 빼면 시체잖아.

한수   맞아요. (이장에게 은근히 협박하듯) 이장님, 제가 이 자리에서 비밀을 얘기하면 마을 사람 다 잡혀 갈 수도 있거든요.

이장   (당황했다가 말하면 안 된다는 식의 강한 어조로) 그게 뭔 말이냐?

우린 비밀 같은 거 없고 만에 하나라도 비밀 같은 게 있으면 당연히 지키지. 목숨 걸고 지킨다. (마을 사람들 동의 구하며) 그게 바로 의리지. 의리!

주민 남1   (이장 의도에 힘 실으며) 당연하죠. 비밀은 무덤까지!

주민 남2   한수 너? 우린 비밀 같은 거 없지만 있다면 (큰소리로) 무덤까지!

이장   저놈들 뭐냐? 말해라!

수사관1   당신들 정말 왜 이래? 이건 1급 국가 기밀이라고.

이장   국민이 국가의 일을 아는 게 뭐가 잘못이야? 어서 말해라!

수사관들이 한수의 입을 막으려 하고 주민들은 수사관들을 잡으려 한다.

몸싸움이 진행된다. 한수는 평상위에 올라가 호루라기를 불어 소란을 제압한다.

한수   이 사람들 국정원수사관입니다. 남북의 평화와 공존을 위해 역사상 처음으로 북한이 인도적 차원으로 우리 정부에 부탁한 것을 해결하기 위해 북한이 잃어버린 소를 찾으러 왔답니다.

수사관들   (포기한 듯) 김 경장~!

마을 사람들 잠시 멈칫하고 서로 시선을 주고 받더니 아무 일 아닌 것처럼 태연하게 행동한다.

이장	그게 뭐 비밀이라고! 애들아, 소 그거 한 마리 주자. 어떠냐?
모두	(각자 말한다) 두 마리, 세 마리 줘요. 더 줘도 돼.
수사관1	(답답해하며) 아무 소가 아니라 우린 북한의 그 소가 필요합니다!
동이엄마	북한의 그 소가 어떤 소인지 모르지만 제 경험상 그 소를 찾기는 거의 불가능한 일이라 생각됩니다.
주민 여1	당연 불가능이지.
주민 남1	당연하지. 소가 그놈이 그놈 같고 또 이미 잡아먹었을 수도 있고.
수사관2	우리는 조사를 통해 우도리 소가 북의 요구에 가장 부합하는 소라는 것을 알았습니다. 그래서 저희도 혹시나 그 소가 여기 있지 않을까 하는 생각으로 은밀하게…
이장	국정원 양반! 여기는 예부터 최고의 소가 나오는 마을이오. 그래서 마을 이름도 우도리지.
마을 사람들	우도리!
이장	댁들의 사정이 안타깝기는 하지만 우린 북의 소는 모르겠고 우리 소가 필요 없으면 다른 데 가서 알아보시오. 한수야, 얼른 데리고 가거라. 우린 다들 그만 들어가세!

마을 사람들 자리에서 일어나 무기로 썼던 농기구를 챙긴다.

연희	잠깐만요! 잠깐만요! 이번 일이 잘 해결되면 남북관계가 더 좋아지고 북한은 농업과 식량증산에도 큰 도움이 될

것이니, 북의 동포들을 위해서라도 이번 일은 꼭 해결해야 한다는 생각이 듭니다.

주민 여2 우리가 어떻게 해결해?

주민 남1 (걱정하며) 혹시 해결이 안 되면 북한에서…

주민 여1 또 포격하고 총 쏘고,

주민 여2 미사일 쏘고 그러면 어떡해요?

주민 남1 뭔 소리야? 소 한 마리 가지고 별 일 있겠어?

연희 아까 북의 요구에 부합하는 소들이 우리 마을에 많다고 하셨죠?

수사관2 엄청 닮았고 북이 제시한 조건에도 딱 맞습니다.

연희 맞습니다. 사실 나도 여기 처음 왔을 때 내가 북의 혜산시 국영 소 농장에서 돌보던 북조선 최고 우량소들 하고 너무 닮아서 엄청 놀랐습니다. 구분이 거의 안 됩니다.

수사관1 당신 탈북자야?

연희 새터민요!

수사관1 그게 그거 아냐?

한수 우변우 과장님! 국가의 공식 용어입니다. 예의 좀 갖춰 주세요.

주민 남2 한수야, 저 양반 이름이, 우변우냐? 소똥이네. 소똥!

주민 여2 (기억을 더듬듯) 우변우, 우변우? 왠지 귀에 익은데…

주민 남1 아는 이름 같은데… 아! 그 인간! 청와대! 혹시 같은 집안이야?

수사관1 (불쾌한 듯 화내며) 아니야!

주민 여2	아니면 아니지 왜 화를 내고 지랄이야! 우리가 좀 심했나?
주민 남2	그래. 그건 좀 심한 욕이지.
주민 여2	하여튼 이름은 특이하잖아. 앞으로 해도 소똥, 뒤로 해도 소똥. 소똥이라서 이번 임무를 맡았나보네!
이장	소똥은 거름이라도 되지.
수사관2	이장님, 이름 갖고 장난치지 마세요. 이래봬도 우리 과장님 서울대 나오시고 행시 수석 출신이십니다. 예의를 좀 갖춰주세요.
수사관1	계장님 됐어요! 여기서 행시 수석이 왜 나와요. (연희에게) 당신 북한 소에 대해 얘기 좀 더 해 봐.
연희	고러니까, 2007년, 내가 일하던 혜산 소 농장 소장 동무가 어느 날 낯선 소 한 마리를 데리고 왔는데 그놈 씨가 얼마나 좋던지 그 소가 오자마자 암소들이 난리가 나고 얼마 지나지 않아 건강하고 힘 좋고 잘 생긴 송아지들이 많이 태어났슴다. 그놈이 오고 소 농장은 완전 행복해졌슴다.
수사관2	그 소를 직접 봤습니까?
연희	그 소를 직접 보진 못했지만 그 새끼 송아지들은 봤지요. 신기하게도 그 소가 온 후로 혜산에는 앞발에 별표식이 있는 소들이 태어났디요. 인공기에 있는 별과 똑같은 모양입니다. 북에서 찾는 소는 분명 왼쪽 앞발에 별표식이 있는 소일 것임다.
수사관1	북한 소에게 그런 비밀이 있었군!
연희	(수사관에게) 기래서 말인데, 우리 소들 가운데 건강한 소 한

마리를 골라 왼쪽 앞발에다가 인공기 별 표식을 해서 보내주면 북에서는 틀림없이 자기네 소라고 생각 할 것입니다. 제 의견이 어떻습네까?

수사관2 좋은 정보긴 한데 먹힐까요?

연희 북이 찾아달라고 하는 소는 분명 혜산 소일 것임. 위대한 백두혈통을 타고난…

수사관2 맞아요. 위대한 백두혈통 우량소! 그걸 요구했습니다.

연희 기럼 딱 맞습네다. 북에서도 위대한 백두혈통 우량소는 혜산 소 농장에만 있습네다.

이장 (자리를 정리하려는 듯 서둘러 동의하며) 그래! 연희 제안대로 해 보는 게 좋겠어. 댁들도 북이 제시한 조건과 우리 소가 딱 맞는다고 했지 않소? 그리 해 봅시다.

수사관1 당신들, 비밀 보장이 가능하겠습니까?

이장 우도리 사람들은 한 가족이오. 가족의 목숨이 걸린 일인데 그걸 발설 하겠소? (마을 사람들을 쳐다보는데, 일동 발설하지 않겠다는 뜻의 고개 짓을 한다.) 내, 목숨을 걸고 약속하리다.

수사관1 당신, 그 표시, 만들 수 있나?

연희 기럼요. 북에서 늘 하던 일인 걸요. (옆구리를 보이며) 이 문신이 바로 그 표식입니다.

연희, 마을사람들에게 문신을 보여주고 수사관들에게도 보여주려 한다.

한수   연희 씨! 소중한 속살을 아무한테나 함부로 보여주시면 어떡해요?

연희   어머, 이게 뭐라고? 한수 씨, 너무 보수적인 거 아닙네까?

한수   이건 보수적인 거와는 다른 거예요. 나중에 얘기해요.

이장   좋은 뜻으로 하는 일이니 하늘도 우릴 도울 테지. 우리들 약속과 맹세를 위해 복창 합시다. 국정원 양반들도 같이 하시오.

이장   (모두) 우리는(우리는) 오늘의 비밀을(오늘의 비밀을) 무덤까지 가지고 간다. (무덤까지 가지고 간다)

이장의 선창과 주민들의 복창이 반복되면서
긴박한 음악 흐르며 암전된다.

36

5장. 소의 인도.

DMZ내 특별 회담장. 오후 시간.
중앙에 큰 시소가 있고 시소를 회담에 이용한다.

자동차 멈추는 소리 들리며 북한대표. 북한 적십자직원 등장한다.
정령들 회담 구경을 위해 여기저기 자리를 잡고 있다.
일부 정령들은 입장 통로 앞에 있다가 북한 일행 들어오자 놀라며
흩어진다.

북한대표 뭐네? 아직 안 왔네? 이거이 남조선 시간이야?

북한대표, 북한 적십자직원 각자 시소의 위치로 이동한다.

자동차 멈추는 소리 들리고, 남한대표, 남한 적십자직원 등장하여
시소의 위치로 이동한다.

남한대표 아이고, 안녕들 하십니까? 조금 늦었습니다. 바로 시작하
시죠. (시소 가리키며) 자, 어서 오르시죠.

양측 대표, 시소에 오르며 아슬아슬하게 균형을 맞춘다.

남적십자직원 우리가 쬐끔 늦어서 기분 나쁘신 건 아니지요?

북적십자직원 좀 늦었다 해도 인도적 차원에서 이해 할 수 있습네다.

남한대표 인도적 차원, 그거 아주 중요합니다.

북적십자직원 그렇디요. 우리로서도 큰 결단을 내린 것이디요. 인도적 차원으로 남측이 이번 일에 적극 협조 해 줄 것을 제안한 것입니다.

남한대표 (웃으며) 사실 표현은 제안이라고 해도 실질적으로는 부탁이나 다름없지요.

북한대표 남한대표 동무, 입은 삐뚤어져도 말은 바로 하라우. 우리가 동무들에게 부탁한다는 말을 쓴 일이 없는데 동무들의 자의적 해석으로 부탁이라고 하니 정확한 표현을 다시 알려 줘야 갓구만. 부탁이 아니고 제안이야. 제안! 맘대로 말 바꾸지 말라우.

북적십자직원 소장님, 조금 진정하시고 오늘은 소를 찾아 가셔야 합니다.

정령들 소를 찾는다고? 소를 찾는데! 소!

남적십자직원 네. 진정하시고 남북한 말에 약간의 차이 때문에 생긴 오해⋯

북적십자직원 동무, 입 닥치라요. 이기 무슨 오해야?

북한대표 긴말 말고 소나 보자우.

남적십자직원 네. 저 역시 여러분 말에 동의합니다. 어쨌든 이번 일을 계기로 저희 남한은 북측과의 공조를 통해 한반도 평화에 더욱 힘쓸 것을 약속드립니다. 이에 북측에서도 한반도의 평화를 위해 더욱 적극적으로 남북 대화에 임해 주시고 이산가족이 더욱 자주 만날 수 있도록 노력 해 주실 것을 믿어 의심치 않겠습니다.

북한대표 이보라우 적십자동무, 지금 한 말이 이 상황과 안 맞는 거 모르네? 대화를 좀 하자우. 기냥 준비한 말만 찌걸이디 말고. 근디 소 언제 볼 끼야? 소 없네?

남적십자직원 좋은 의견 감사합니다. 참고 하겠습니다. 자 그럼, 소 들어오세요.

수사관1,2가 가짜 소를 끌고 들어온다.

소를 시소의 중앙에 세운다.

까치가 가짜 소 옆으로 다가와 알짱거린다.

까치 판문점 놔두고 왜 여기서 이러지?

토끼 내래 모르지.

두루미 (소 보고) 누구지? (까치가 소에게 다가간다)

북적십자직원 국정원 동무, 거기 까치 좀 쫓으라우! 아니면 잡아서 구워 먹든지.

수사관1, 까치를 쫓자 까치가 후다닥 도망간다.

까치, 조금 떨어진 위치에서 소에게 말을 건다.

남북한 적십자직원이 가짜 소 쪽으로 걸어온다.

까치	야, 우도리 공동 우사에서 너 봤어. 너 거기 살지?
가짜소	응. 나도 너 봤어.
까치	근데 여긴 무슨 일로 온 거야?
가짜소	나도 몰라. 몸에 벼룩이나 잡아 주든지 아니면 귀찮게 하지 말고 저리 비켜.

북한 적십자직원이 선을 넘어 온 소의 상체와 머리, 얼굴 등을 살핀다.

수사관1,2는 왠지 조금 불안해한다.

왼쪽 앞발을 들어 확인한다. 머리 위로 O 표시한다.

오른쪽 앞발을 들어 확인한다. 머리 위로 X 표시한다.

북한대표	(화내며) 동무, 인도적 차원에서 제안한 우리 성의를 뭘로 보는 기야? 우리가 우리 소도 못 알아 볼 거라 생각했소? 이번 일에 대해 남측은 응당한 책임을 져야 할 것이오.
남한대표	(시소에서 내려와 수사관을 발로 차며) 어떻게 된 거야? 저 소가 확실하다면서?
수사관1	저들이 준 정보와는 정확히 일치합니다.
남한대표	그런데 왜 지랄들이야? 니들 정말 일처리 이렇게 할래?
수사관2	제가 얘기 해 보겠습니다.

수사관2가 시소에 올라가자 시소가 흔들린다.

시소의 균형을 맞추려는 북한대표와 수사관2의 모습이 위태로워 보인다.

수사관2 (애절하게) 이거 보세요. 북한 대표 양반님네들. 제 말 좀 들어보세요. 우리가 고의로 그런 것이 아니고 당신들이 준 모든 정보를 토대로 찾고 찾다가 이 소를 찾은 겁니다. 대체 뭐가 아닌데요? 당신들 소인지 아닌지 대체 뭘 보고 판단을 해야 하는 거냐고요? 이놈이 우리가 찾은 소 중에 제일 나은 놈이기도 하고 북한 소 자료에 제일 부합하기도 해서… 북한 소인 줄 알고… 여하튼 죄송합니다. 일부러 그런 건 아니고 인도적 차원으로 우리도 빨리 해결하고 싶어서…

북적십자직원 동무, 이 소도 우리 소는 맞습네다.

남한대표 맞아? 그럼 됐네.

북적십자직원 왼쪽 앞발에 별표!

까치 왼쪽 앞발에 별표! 그거 돌쇠도 있는데?

토끼 야, 너도 본래 있었니?

가짜소 난 며칠 전에 새겼어. 아파서 죽을 뻔했어!

북적십자직원 그건 량강도 혜산 소 농장 표식입니다. 이 소가 왜 여기 있는지는 모르겠지만 이 소도 우리 소는 맞습니다. 하지만 우리가 찾던 그 소는 아닙니다.

수사관2 에이 씨발! 그럼 소의 특징을 정확히 알려 줘야지. 정확한 정보를 안 줬잖아. 나 짤리면 당신들이 우리 가족 먹여 살릴 거야? 내가 얼마나 고생했는지 알아? 씨발, 좆도 모르면서!

남한대표 야, 너 미쳤어?

수사관1 이 계장, 미쳤어? 뭐하는 거야, 지금.

수사관2 나 실무자야. 이 일, 25년이나 했어. 니들이 뭘 알아? 내가 알아서 할 테니까 끼지 좀 마. 씨발!

북한대표 동무, 지금 두 번이나 씨발이라고 했디? 동무, 계급이 뭐야?

수사관2 (당황하며) 죄송합니다. 제가 계급은 없고 5급 계장인데요, 저도 모르게 욕이 나왔는데 그게 제 진심은 절대 아니고 요… 죽을죄를 졌습니다. 같은 동포로서 너무도 힘든 제 삶을 조금만 이해해 주십시오. 제가 힘들어서 잠깐 머리 가 돈 것 같은데… 제가요 9급 말단부터 5급까지 올라왔 는데 (설움이 복받쳐) 내 막내 동생보다도 어린 저놈이 행시 수석 출신 과장이라고 저를 얼마나 무시하는지… 제가요, 평상시도 그렇구요, 이번에 여기저기 소 찾으러 다니면서 저 어린 과장 놈한테 받은 설움 때문에… .

남한대표 이 계장 거기서 뭐해?

수사관2 죄송합니다. 한 번만 살려 주십시오.

남한대표 너 월북한 거야.

수사관2 (자기 위치를 선 남쪽으로 옮기고 남과 북, 모두에게) 죄송합니다. 정말 죄송합니다. 본의 아니게…

수사관1, 수사관2를 시소에서 내리게 하고 정강이를 찬다.

수사관2 괴롭고 서럽다. 수사관1이 2에게 소에 대해 뭔가 지시를 한다.

북한대표 남한대표 동무, 저 동무 애썼구만! 동생보다도 어린 과장 놈의 갑질 속에서도 설움과 통곡의 시간을 이겨내며 우리 소를 찾기 위해 그렇게 노력한 줄 내 몰랐다. 내래, 비록 소는 못 찾았지만 저 동무 때문에 마음이 참 짠~해. 좋아! 내래 기분도 좋고 해서 말인데 기한을 조금 더 연장해서 동무들이 우리 소를 꼭 찾아주면 좋갓어.

남한대표 정확한 정보를 주면 찾기가 훨씬 쉬울 거 아니요.

북한대표 좋디. 잘 들으라우. 그 소는 2007년 5월, 2살 정도 됐을 때 나를 만났어. 내가 혜산 소 농장에서 5년 정도 길렀디. 근데 5년 전 대홍수 때 압록강변 근처에 놀던 소 몇 마리 가 사라졌는데 그 중 한 놈이야. 위대한 백두혈통의 적통 자지!

북적십자직원 위대한 백두혈통의 적통자지, 요!

북한대표 우리 혜산 농장에서는 우량소에게 우리 인공기 별 표식을 새겨 주는데 그 소는 내가 만났을 때 이미 왼발에 별표, 오른발엔 태극 문양을 갖고 있었지. 우리의 보물이지. 우리 가 찾는 소는 위대한 백두혈통을 타고난 혜산의 전설인 소야. 왼 발에는 별, 오른발에는 태극! 알간? 요쯤에서 박수 좀 쳐 주라요. (일동 박수친다)

북적십자직원 소장님, 이 소는 어쩔까요?

남한대표 기분도 좋은데 남한의 선물이다 생각하시고 데려 가시지요. 한우!

북한대표 이보라우 동무. 말은 바로 해야디. 표식으로 봐서는 저놈도 우리 소지비. 그놈은 우리 소 찾는 수고에 대한 답례로 우리가 선물로 주갓어. 남측 가지라요. 맛나게 드시라우!

남한대표 우 과장, 뭔가 기분이 좀 그러네. 이거 북한 소야? 남한 소야?

수사관2 (과장되게 연기하며) 정말 놀랍습니다. 남한에도 별 표시를 해두는 농가가 있나 봅니다. 소한테 하는 표식이 이렇게 똑같을 수 있다니 말입니다. 하여튼 이 소가 북측이 찾던 소가 아닌 건 죄송합니다. 어쨌든 다시 한 번 열심히 찾아보겠습니다.

북적십자직원 거 참 웃기누만요! 우리 소를 지들 소라고 우겨대는 꼴이!

북한대표 알갓어. 기냥 남한 소 하라우.

수사관2 하하하! 이런 게 우리가 같은 민족이란 증거 아니겠습니까? 생김새, 삶의 모습, 전통 뭐 대충 다 비슷하잖아요.

남한대표 좋습니다. 그럼 대외적으로 오늘 회담은 차기 회담을 위한 준비회담으로 내보내고 좋은 성과로 마무리 된 걸로 합시다.

북한대표 좋디. 모두 잘 들으시라요. 왼 발에는 별! 오른 발에는 태극이요!

남한대표 자, 기념사진 찍으셔야죠! 이쪽으로 모입시다. 야, 거기, 너! 헌병, 여기 와서 사진 좀 찍어라.

사람들은 시소의 중앙선을 넘지 않으면서 균형을 맞추며 자세를
잡는다.

그 모습이 다소 우스꽝스럽다.

동물들이 주변에서 이상한 눈으로 그들을 쳐다본다.

헌병이 양쪽 대표의 핸드폰을 받아 사진을 찍는다.

다소 코믹하고 경쾌한 음악이 흐르고 서로 악수하고 인사 나누는
가운데 어두워진다.

6장. 주민 회의.

우도리 마을 우사 앞마당. 늦은 오후에서 초저녁.
앞 장면의 음악과 오버랩 되며 연희 벨소리 울린다.
조명 밝아진다.

연희 (전화를 받으며) 여보쇼, 네? 태극 문양이요? 고건 저도 잘 모르갓는데… 기래서요? … 네. 네. 알갓슴네다.

이장 한수냐? 뭐라냐?

연희 찾는 소가 아니라고 안 가져갔답니다. 위험한 상황은 아니라는데 다시 찾아보기로 했답니다.

이장 태극 문양은 뭐냐?

연희 북에서 찾는 소는 왼발에 별 표시가 있고 오른발에 태극 문양이 있답네다. 별 표시는 혜산 소 농장 표시가 맞는데 태극 문양은 저도 잘 모르갓시요. 내가 내려 온 후에 다른 표시가 생겼나?

이장 왼발에 별표, 오른 발에 태극 문양이라!

동이 왕소가 그래요. 별표, 태극 문양. 근데 돌쇠는 별표만 있어요.

잠시 사이.

이장	그래? 왕소랑 5년이나 살면서 그것도 몰랐구나. 별표가 유전인가?
동이엄마	이장님 그럼 왕소를 내줘야 하는 거 아녜요?
동이	왜 왕소를 내줘? 다른 소들도 많은데! 며칠 전에도 한 마리 데리고 갔잖아!
동이엄마	(동이를 평상으로 앉히며) 동이야, 지금 우리나라에서 북한이 잃어버린 소를 찾아주려는데 그 소가 왠지 왕소 같아. 그래서 어쩌면 왕소를 북한으로 보내야 할지도 몰라.
동이	안 돼, 다른 소 주자. 다른 소 주면 되잖아! 다른 소 줘!
이장	(결연하게) 그래. 왕소는 안 된다. 무슨 일이 있어도 왕소는 지켜야 한다.
동이	이장님. 왕소를 꼭 지켜주세요.
이장	왕소는 우도리의 전설을 이뤄줄 보물이야. 왕소를 내줄 순 없어.
동이엄마	이장님, 잘못하면 우리 모두 큰일 날 수도 있어요.
이장	내가 책임진다. 자네들은 지금 얘기 절대 비밀로만 해 줘.
연희	왕소를 당분간 아무도 못 찾을 곳에 숨겨 두면 어떻습니까?
이장	마을 안에 있으면 언젠가는 찾아 낼 거다.
동이엄마	검문소 때문에 마을 밖으로 몰래 나갈 수도 없어요.
동이	엄마, 좋은 데가 있어. 거긴 아무도 못 가!
동이엄마	아무도 못 가는데?
모두	거기가 어딘데?
동이	비밀인데… 왕소를 지켜야 하니까. 비밀 지켜요. (사이) 중

	도요.
모두	중도?

사람들 모두 믿기지 않는다는 듯이 서로를 쳐다본다.

한수	(자전거 타고 들어오며) 이장님~! 우도리 십년감수 했네요. 근데 내일 우도리 소 전체를 조사 한답니다. 전수 조사요!
동이엄마	전수 조사?
이장	내일? (동이엄마와 연희를 보며) 우린 우리 소를 지키기 위해 왕소를 숨길 것이다.
한수	무슨 말씀이세요? 왕소를 숨기다뇨? 왜요? 혹시 왕소가?
이장	더 이상 묻지 마라. 넌 모르는 게 낫다. 내가 다 알아서 하마.
한수	그게 무슨 말씀이세요? 연희 씨, 대체 뭔 일이예요?
연희	이장님이 다 알아서 하실 겁네다.
한수	나한테 뭘 숨겨요? 왕소예요? 어디다 숨기는데요?
이장	더 이상 묻지 말래도.
한수	(핸드폰 울린다) 네. 아, 수고… 저요? (사이) 연희 씨도요? 지금요? (사이) 네, 네 알겠습니다. (핸드폰 끊고) 연희 씨, 지금 저랑 같이 경찰서로 오라는 데요.
동이엄마	무슨 일인데…?
한수	잘은 모르겠지만 소 때문이겠죠.
이장	한수야, 넌 아무것도 모르는 거다.
한수	뭘요? (사이) 뭔지 얘기도 안 해 주셨잖아요. 연희 씨, 가요.

두 사람 나간다.

이장 동이야, 왕소는 어디 있냐?

동이 중도요. 망산 볕마루에 있다가 어두워지면 중도로 가요. 아침이면 다시 나와요.

이장 나오면 절대 안 된다. 당분간은 거기 있어야 해. 내가 중도로 가서 왕소를 못 나오게 해야겠다.

동이 내가 불러내면 돼요. 그리고 내가 같이 가서 안 나오면 되죠?

동이엄마 왕소를 부를 수 있어?

동이 풀피리 불면 돼.

이장 좋다. 그럼 일단 볕마루로 가보자.

동이 이거 다 비밀인거 맞지요? 왕소 지키는 거 맞지요?

이장 당연하지. 내 목숨을 걸고 지킬 것이다.

세 사람, 나가면서 어두워지고
긴장감을 자아내는 음악 흐른다.

7장. 주민 조사.

무대 양쪽으로 조사실 두 곳이 보인다.

이 장면은 각각의 공간에서 진행되지만 대사들이 서로 겹쳐지기도 하며 교차 편집된 느낌으로 빠르게 전개된다. 수사관2의 대사와 함께 조명 들어온다.

수사관2 (화내며) 김 경장!! 그놈 진짜 몰라?

한수 고만 좀 물어보세요. 몰라요.

수사관1 우연희, 북한 량강도! 여기가 예전에는 함경남도였던 곳이지?

연희 그렇게 듣긴 했더만 아주 오래전 일입네다.

수사관1 량강도 혜산의 백두혈통 우량종자소 사육장에서 십년간 소를 돌봄. 2008년 가을 탈북 후, 한국에 입국! 십년 정도 한국 생활! 1년 전 민통선 마을 우도리로 이주. 마을 공동 우사를 관리하며 소 사육사로 일함. 당신이 소를 관리하니까 소에 대해 제일 잘 알겠지? (서류 파일을 내려친다) 그 소 어딨어?

연희 나는 그 소를 모릅네다.

수사관1 너도 북측도 너희가 우리에게 줬던 소가 북이 찾는 그 소와 많이 닮았다고 했다. 그건 너희가 줬던 소가 바로 북측

이 찾는 그 소의 후손이란 얘기야. 그놈의 아빠지 할애비
인지 그 소, 그놈 어딨어?

한수　(답답하다) 세 시간째 그 소, 그놈 하는데 대체 그놈이 누구
예요?

수사관2　우도리 소들의 아빠 소! 또는 할애비 소! 다시 말해 종자
소 정도 되겠지!

한수　헷갈려 죽겠네! 아빠지 할애빈지는 모르겠고 우도리 종사
소는 왕소예요. (자기 말에 조금 놀라며) 그리고 왕소 말고도
각 집에 종자소는 많아요.

수사관2　왠지 왕소란 놈이 수상하군! 그놈 어딨어?

한수　뭐가 수상해요. 우도리에는 왕소 같은 소가 많다니까요.

수사관1　너흰, 그놈을 왕소라고 부르지.(연희가 본다) 김한수가 다 불
었어. 넌 그냥 니가 아는 대로만 말하면 돼. 여기서 살고
싶으면!

연희　(냉정하게 시작하여 점차 흥분하며) 좋습다. 힘이 엄청 쎔다. 북
에서도 그런 종자는 못 봤습다. 특히 가슴부터 허리를 지
나 엉덩이를 쓸어내리면 하체는 힘줄이 터질 듯이 부풀어
오르고 (심취하여 자리에서 일어나) 물건이 스스로 살아 움직
이는 것처럼 빳빳이 고개를 듭네다. 남한 수컷은 다 그렇
습까? 정말 예술입다. (자기 이야기에 심취하다가 수사관을 인식
하고 어색하게 앉으며) 이상한 눈으로 보지 마시라요. 난 고저
소 얘기를 한 것 뿐입다.

수사관1　웃기지 마셔. 이 여자 이거, 자유에 너무 취했구만!

연희   뭔 말입네까? 고건 내 임무일 뿐임다.

수사관1   우연희 씨, 당연히 북에서 볼 수 없었겠지! 당신이 얘기한
그놈은 대한민국 경찰이니까!

연희   네? 무슨 말씀…?

한수   내가 경찰인데 거짓말을 왜 해요?

수사관2   당신 똑바로 얘기 안하면 옷 벗을 수도 있어.

한수   소는 마을 사람들이 알아서 해요. 난 정말 몰라요.

수사관1   우사는 당신 임무 수행을 위한 비밀의 장소였던 거지.

연희   제 임무가 소 돌보는 거니까 당연히 거기서 그 일을 하죠.

한수   마을에 수상한 사람들이 있다고 해서 갔다니까요. 저는
소랑은 아무 관계없고 주민들의 안전을 위해 간 겁니다.

수사관1   우연희! 잘 들어! 너는 경찰인 김한수와 우사에서 비밀스
런 연애를 했고, 소똥 냄새 넘치는 우사에서 소를 돌보는
손놀림을 일부러 섹시하게 하여 김한수의 혼을 빼고 유혹
을 한 뒤 거짓 사랑을 즐겼다. 왜냐? 경찰인 김한수로부터
우도리 및 서부 군사분계선 일대의 군과 경찰의 동태와
각종 정보를 빼내 북에 넘기기 위해서 적과의 동침을 선
택한 거지!

연희   적은 무슨! 나는 대한민국 국민입니다.

한수   연희 씨는 주민증 받은 대한민국 국민입니다.

수사관2   김 경장! 우연희를 통해 북과 내통한 걸로 정리돼서 국가
보안법으로 들어갈 수도 있어. 이런 시나리오 식은 죽 먹
긴 거 잘 알잖아.

연희	말도 안 되는 소리 하지 마세요.
수사관1	좀 전에 터질 듯 부풀어 오르고 빳빳이 고개 들고 살아 움직이네, 어쩌네 하면서 힘 좋다고 했잖아. 둘이 연애를 안 했는데 그걸 어떻게 알아?
연희	미쳤습네까? 힘 좋은 건 왕소 얘기라요.
수사관1	김한수와 같이 우사에서 그 일 했다고 했잖아.
한수	같이 했죠.
연희	예. 같이 하기도 했죠. 소들 밥도 주고 목욕도 시키고 그게 내 일이고 가끔 한수 씨가 우사에 들르면 내 일 도와주고.
한수	그러다 연희 씨, 자세 좀 잡죠, 그러면 연희 씨가 포즈 취해 주고 저는 사진 찍고 뭐 그런 거죠. 제가 연희 씨에게 관심 있는 건 사실이고요.
수사관1	자세가 그 자세 아냐? (야릇한 자세 취한다)
연희	나 참! 사진요! 사진! 소 마사지 하는 모습. 소 돌보는 사진요! 대체 무슨 상상을 하시는 겁니까? 이거 성희롱 아닙니까?
수사관1	성희롱은 무슨? 당신! 이번 사건 만회 하려면 큰 거 하나 제공해야 돼. 안 그럼 여기서 살기 힘들어.
연희	나한테 왜 이래요? 내가 뭘 어쨌다고! 난 정말 아무 것도 몰라요!
수사관2	그 소, 왼발에 별 문양이 있고.
수사관1	오른발에 태극 문양, 있지?
연희	(말이 없다)

한수	태극? 몰라요. 있나?
수사관2	김 경장, 당신이 협조 안 하면 우연희 남한 생활 쉽지 않아! 추방당할 수도 있어. 별, 태극 문양 있지?
한수	아, 미치겠네! 정말 몰라요. (사이) 소는, 동이가 제일 잘 알아요.
수사관1,2	동이?
한수	은지 누나 아들. 한동이. 5년 전에 동이가 왕소를 데리고 왔어요.
수사관1	한동이가 데리고 온 왕소 지금 어디 있을까? 너 북으로 추방당해!
연희	우도리 소들은 다 풀어 놓고 기르고 저녁이면 소들이 알아서 우사로 들어가는데
수사관1,2	(압박하듯) 들어가는데?
연희/한수	그 소만 동이랑 어디로 가요.
연희	어디로 가는지는 아무도 몰라요. 그저 망산 볕마루…
한수	망산 볕마루에서 강 건너를 자주 본대요.
수사관1	(큰 소리로) 다들 출동 준비해!
한수	내일 간다고 했잖아요?
수사관1	(소리친다) 내 맘이야!

사이렌 소리와 많은 사람들의 발소리 들리며 조명 어두워진다.
위기감을 자아내는 음악.

8장. 왕소를 숨겨라!

망산 볕마루에서 중도로. 밤!

동이의 풀피리 소리 겹치며 앞의 음악 사라지고 볕마루에서 풀피리 부는 동이 보인다.

이장은 손전등으로 강을 비추는데 강물을 헤엄쳐 오는 왕소를 발견한다.

이장 저기 온다! 사실이구나!

동이엄마 진짜 오고 있어요.

동이 엄마 사실은, 나 가끔 왕소 타고 물놀이 해. 왕소 진짜 수영 잘해.

강에서 육지로 올라오는 왕소. 반갑게 왕소와 만나는 사람들.

멀리서 경찰 사이렌 소리 다가오고 사이렌 불빛에

볕마루를 향해 달려오는 경찰, 군인들 모습이 언뜻언뜻 보인다.

동이엄마 이장님 경찰들이 몰려와요.

이장 동이야 어서 피해라.

동이 엄마 어떡해?

동이엄마 이장님! 제가 동이랑 같이 갈게요.

이장	자네까지 없어지면 더 의심 받을 수도 있어.
동이	엄마 왕소는 나만 태워. 걱정마. 우린 중도에 숨어 있을게요. 왕소야, 뛰어!
왕소	음메~!
이장	동이야 조심해라~!
동이엄마	동이야 조심해!

왕소는 동이를 등에 태우고 강을 헤엄쳐 강 중앙의 중도로 향한다.

9장 . 우도리의 전설!

국정원 조사실 한 곳. 밤인지 낮인지…!
이장은 수사관1과 상관없이 자기 이야기를 한다.

이장 해방 직후부터 소가 늘어났어. 어느 날 자고 일어나면 어
디서 나타났는지 한 녀석이 강가에서 풀을 뜯어. 그리고
마을을 제 집 인양 여기저기 다니며 먹고 자고 놀아. 그래
공동 우사를 만들어 같이 기르고 같이 일하고 같이 먹고
자고 했던 거야. 소와 한 가족인거야. 우도리는 그런 마을
이야.

수사관1 다른 얘기 마시고 왕소가 어디 있는지만 얘기하세요.

이장 집에 들어갈 때가 되면 약속이나 한 듯이 망산 볕마루에서
강 건너를 봐. 망산이 실향민들이 북쪽 바라보는 산이라고
붙인 이름이잖아. 햇볕 잘 드는 볕마루에 서서 그놈들도 실
향민처럼 강 건너를 한참 동안 봐. 제 고향 그리워하듯이.
참 신기했지. 그러다 갑자기 없어졌어. 사라진 거지.

수사관1 사라지긴 뭐가 사라져요. 거짓말 마시고…

이장 동란 나고 소들이 사라졌어. 그때를 1.4후퇴라고 하지.
1951년. 자네, 들어는 봤나? 1.4 후퇴! (노래한다) "눈보라
가 휘날리…" 우리 군이 압록강까지 올라가 남한이 이긴

57

다고 생각했지. 웬걸! 중공군이 개미떼처럼 몰려왔어. (무술 동작하며) 니츠판러마 니씨팔놈아('니 씨팔 놈아'로 발음 바람). 장깨, 화이렌(나쁜놈)!

수사관1 뭐하세요!

이장 국방군이 후퇴하면서 꽁꽁 언 강을 건너 도망을 왔지. 남으로, 남으로 후퇴를 하는 거야. (노래한다) "금순아, 어데를 가고…" 후퇴를 하다가 마을에 온 국방군이 이불, 식량, 그리고 소들까지 다 끌고 갔어. 마을 사람들 다 피난을 갔지만 우리 아버지는 고향을 버릴 수 없다 하시며 남으셨어. 나도 남았지. 군인도 사람들도 다 가고 차디찬 겨울 찬바람만이 마을을 쓸고 다녔어. 그런데 신기하게도 언제부턴가 사라졌던 소들이 한두 마리씩 우도리에 나타났어. 누가 일부러 보낸 것처럼. 그러다 왕소가 오고 점점 소가 늘어나기 시작했어. (웃는다) 왕소가 소들을 몰고 온 거야.

수사관1 그러니까 왕소 어디 있냐구요? 빨리 내놔요.

이장 이봐! 우도리 소들은 우리 모두의 것이야. (책상을 치며) 내 것도 아닌 걸 내가 어떻게 내 맘대로 자네들한테 내어 줄 것이고 어디 있는지 알지도 못하는데 어떻게 있는 곳을 말할 수 있겠나?

수사관1 영감님 국가의 안보가 걸린 일입니다. 마지막으로 묻겠습니다. 소 어디 있습니까?

이장 (책상 위에 양반 다리를 하고 앉아) 음메~!

이장의 소 울음에 이어서 음향으로 소 울음이 크게 들린다.

수사관1   (혼란스럽다) 이 영감이 지금 요술을 부리나? 이게 뭔 소리야?

수사관2   과장님! 과장님 (급하게 들어온다) 김포 해병대에서 연락이 왔는데 우도리 앞에 있는 섬, 중도에서 소 한 마리와 어린 아이 하나, 그리고 뭔가 이상한 것이 하나 더 포착되었답니다.

수사관1   중도? 거긴 DMZ 잖아. (사이) 영감님, 혹시 왕소랑 동이를 중도에 숨긴 겁니까? 이 사람들 정말 큰일 날 사람들이네. 거긴 비무장지대예요. 가면 안 되는 곳!

이장   음메~!

수사관1   미치겠구만! 소랑 아이 말고 다른 건 뭐야?

수사관2   사람처럼 보인다는 데 짐승인지 사람인지 확실치는 않다고 합니다.

수사관1   대체 어떻게 돌아가는 거야? (사이) 영감님, 당신들 정말… 간첩단 마을이야? 북과 접선하는 장소가 중도고? (전화 울린다)

이장   시끄러워! 전화나 받으세요. 시끄러워요. 음메~!

수사관1   (전화를 받으며) 네. 국장님! 예. 맞습니다. 해병대요? 알겠습니다. 네. 네. 걱정 마십시오. (전화 끊는다) 김포 해병대 연락해서 당장 구출 작전 준비해요.

수사관2   네? 거긴 군이 들어가면 안 되는 비무장지대인데요?

수사관1 북에서 조치하기 전에 당장 데리고 나오래요. 까라면 까
        야죠.

이장   음메~

        수사관들 나가며
        요란하게 사이렌 울린다.

10장. 동이와 우섭의 만남.

중도. 새벽 시간.

돌 위에 유골함 두 개가 나란히 놓여 있다. 정성스레 모셔 놓은 모습이다.

백발의 김우섭, 누워 자다가 인기척을 느끼고 소리 나는 쪽으로 돌아눕는다.

왕소가 김우섭 쪽으로 다가가고 동이는 왕소 뒤에 숨어 조심스럽게 따라간다.

우섭　사우야, 무슨 일 있냐? 오늘은 왜 안 자고 왔다 갔다 하는 거냐?

왕소　음메! (고개 돌려 동이 쪽을 가리킨다)

우섭　(소 뒤를 보고 놀라며) 넌? … 누구냐?

동이　동이요. 한동이!

왕소　(동이에게 옷을 벗어주라는 듯) 음메~

우섭　그래. 이놈아 알았다. 니가 물에 젖어 춥다고 옷을 주라는 구나. (옷 벗어주며) 자, 이걸 걸쳐라.

동이　감사합니다.

우섭　한동이! 너, 여기는 어떻게 왔니?

동이　(왕소 가리키며) 왕소 타고 같이 왔어요.

우섭	왕소? 저놈? 저놈은 사우다. 사우!
동이	사우요?
우섭	넷째 소라는 뜻이지.
동이	우린 왕소라 부르는데. 근데 할아버지는 누구세요?
우섭	나? … 내가 누구냐고?! 아, 난 나고 저놈 형이고 아바지고 또 저놈 주인이지.
동이	할아버지 여기서 혼자 살아요?
우섭	혼자 아니고 저놈이랑 같이 살지! 이 섬이 다 우리 집이다.
동이	(둘러보며) 여긴 사람이 못 사는 곳인데
우섭	(장난스럽게) 그럼 난 사람이 아니고 귀신임매~?
동이	아니, 제 말은 그게 아니고…
우섭	하하하, 뭔 말인지 안다. 여긴 무인도였으니까! 나도 70여 년 만에 사람을 처음 봤다. 신기하고 반가워서 기래. (위협하듯) 혹시 니가 귀신 아임매?
동이	아니에요.
우섭	(웃으며 동이 머리를 쓰다듬고) 장난이다! 너 어디서 왔니?
동이	네. 저기 강 건너, (손짓하며) 우도리!
우섭	남쪽이구만! 우도리~! 혹시 가끔 풀피리 부는 것이 너니?
동이	네. 왕소 부를 때요. 할아버지도 들으셨구나!
우섭	그래. 나도 들었지.
동이	아, 할아버지. 왕소는 왜 꼭 여기 와서 풀을 먹어요? 우리 마을에 선 여물을 줘도 안 먹어요.
우섭	이놈은 태어나서부터 여기서 나는 풀만 먹었지. 지가 먹

을 거 못 먹을 거를 잘 알지비. 냄새 맡아보고 아니다 싶으면 절대 안 먹지비. (동이와 주변을 조심스레 살피고 은밀하게) 근데 너, 혹시 내게 전할… 전갈은 없니?

동이 전갈이 뭔데요?

우섭 나를 어데로 오라거나 소를 어데로 보내라거나 뭐 그런 전갈! 비밀 요원들이 내게 전하는 말, 소식 같은 거.

동이 비밀 요원이요? 그게 뭐예요?

우섭 조선을 찾으려고 왜놈들과 싸우는 비밀군인들. 독립군이라고 하지.

동이 독립군요? 없어요. 우리나라는 독립했으니까요!

우섭 (놀라며) 뭐야? 독립을 했어? 왜놈들이 쫓겨 가고?

동이 왜놈요?

우섭 그래. 일본 쪽바리 놈들 말이다.

동이 아, 일본요. 없어요. 벌써 독립했거든요.

우섭 정말이냐? 언제?

동이 오래 됐죠!

우섭 (감격하여 이리저리 뛰며) 오, 아바지! 드디어 독립을 **했습니다.** 조선이 독립을 했습니다. (동이를 안으며) 기래서 니가 왔구나. 그 소식을 전하러 니가 온 거야. 대한독립만세다! 대한독립만세! 이젠 나도 마음 편히 갈 수가 있구나. 고맙다. 고마워.

동이 어디 가시는데요?

우섭 (한라와 백두 유골함을 향해 걸어가며) 우리 아바지 유언대로 한라와 백두를 제 고향에 뿌려주고 나도 이제 맘 편히 하늘나라 가야지. (하늘을 보며) 아바지, 아바지도 이제 편히 눈 감으시라요.

동이   (앉으며) 할아버지, 한라와 백두가 뭐예요?

우섭   백두는 저 사우 놈의 아주 높은 처음 할아버지고 한라는 사우의 아주 높은 처음 할머니디. 독립이 됐으니 이제 내가 둘 다 고향에 뿌려 줘야디.

동이   고향이 어디인데요?

우섭   한라는 제주 우도가 고향이고 백두는 함경남도 혜산군 혜산면 춘래리가 고향이지! 봄이 오는 마을, 춘래리! 백두산 자락. 내 고향도 거기지비.

동이   거기는 북한인데, 못가요 할아버지.

우섭   북한? 조선이지! 왜 못가네? 사우가 다니듯이 나도 가면 되지.

동이   사우, 왕소는 북한도 막 다녀요?

우섭   북한? 북쪽! 그럼. 다니지. 우리 땅인데 왜 못 다녀? 저 녀석은 남쪽도 북쪽도 다 다닌다. 가고 싶으면 가고, 오고 싶으면 오고 지 맘 가는대로 오고가는 기야.

동이   진짜 북한은 들어갈 수 없는 곳인데… (왕소에게) 왕소야, 너 진짜 저기 북한도 왔다 갔다 하는 거야? (왕소, 그렇다는 반응) 우와! 그래도 그건 너무 위험한대.

우섭   니가 말하는 북한이 저쪽, 북쪽 땅이니?

동이   네. 남한 사람들은 철조망 때문에 못가요.

우섭 걱정 말라우. 다 우리 땅인데 왜 못가네. 그리고 저놈은 어릴 때부터 하도 많이 다녀서 길을 잘 알지비. 아무 걱정 안 해도 됨매.

동이 (하품하며) 아~! 할아버지 갑자기 너무 졸려요.

우섭 물 건너와서 힘들었을 게다. (자리 마련하며) 여기서 쉬거라.

동이 (우섭의 이부자리로 쪽으로 간다) 네. 감사합니다.

우섭 (왕소에게) 사우야, 좀 전에 풀피리 소리 듣고 나가서 뭔 일이 있었니? 너도 동이도 다 피곤해 보인다. 가서 밥 먹고 쉬라우.

왕소는 뚜벅뚜벅 걸어가고 우섭은 유골함을 정리한다.

동이 (일어나 앉으며) 할아버지! 몇 살이에요?

우섭 한 80살 정도 됐을 거다. 참, 니가 내게 전갈을 전하러 온 게 아니면, 여기 온 진짜 이유는 뭐임매?

동이 사실은… 왕소를 지켜야 해서요.

우섭 사우를 지켜야 한다고? 누가 뺏으려 하니?

갑자기 사이렌 소리와 헬기소리 들린다. 모두 놀란다.
왕소, 울음소리 내며 동이 쪽으로 달려온다.
우섭은 유골함을 품에 안고 동이와 왕소를 챙긴다.

헬기소리 점차 크게 들리고, 서치라이트가 분주하게 비춘다.

어둠속에서 군인들이 극장 벽에서, 극장 천장에서 밧줄에 의지하여 수직 하강한다. 정령들도 놀라 여기저기 뛰어다닌다.
거칠게 우는 소 울음소리!
군인들의 육성과 휘슬 소리가 어수선 하다.

동이	할아버지, 군인들이예요. 왕소야 도망쳐!
우섭	(숨겨 둔 총을 든다) 종간나 새끼들! 사우야! 뛰라우!
해병1	저 영감은 뭐야?
해병2	일단 잡아! 소리치지 못하게 하고. 총부터 뺏아.
우섭	동이야, 피해라!

소 울음소리 거칠게 난다.

해병2	포박조! 포박! 소 잡아.
해병1	조용히 잡아! 들키면 다 죽어! 마취 총 준비!
우섭	사우야~! 뛰어!

거친 비명 같은 소 울음소리.
헬기소리 크게 들리고 서치라이트가 분주하게 비치다가
비장한 음악과 함께 암전.

무대 다른 곳에 조명 들어오면 조사실. 동이가 수사관1과 함께 있다.

다른 공간에 백발의 우섭이 앉아 있는 모습도 보인다.

동이   북한 얘기요? 왕소의 최고 어른 할아버지 소 고향이 북쪽
       이고 할아버지 고향도 북쪽이라고 한 것 말고는 북한 얘
       기는 안 했어요. 할아버지는 북한을 북쪽이라고 자꾸 말
       했어요. 할아버지는 이제 왕소 최고 어른 할아버지, 할머
       니 소를 고향에 뿌려줄 수 있다고 기뻐했어요. 그게 할아
       버지 아버지의 유언이래요.

수사관1 대체 뭔 말이야? 할아버지 할머니 아버지, 대체 누가 누구
       야? (수사관2 들어온다) 나왔어요?

수사관2 아직도 조회 중입니다.

수사관1 뭔 신원조회를 세 시간이나 해? 컴퓨터가 이상한 거 아니야?

수사관2 북한도 그 사이 행정구역도 바뀌고 해서 그런지…

동이   내 말이 맞는데… 함경남도 혜산군 혜산면 춘래리! 봄이
       오는 마을, 춘래리! 그렇게 얘기했어요.

수사관 1, 담배를 꺼내 문다.

동이   (일어나며) 아저씨, 어린이 앞에서 담배 피지 마세요!

수사관1 (동이 쳐다보다가 라이터에 손 데인다) 앗, 뜨거

조명 급하게 어두워진다. 경쾌한 음악.

11장. 왕소의 역사!

조사실 및 중도. 한강하구 늪지대 등. 낮 또는 밤.

어둠 속에서 사이렌 소리와 함께 비행기 공습, 기관총 소리, 폭탄
폭발음 등이 크게 들리다가 소리 작아지며 '1945년 8월 15일, 일
왕의 항복 선언'이 들린다.

잠시 후 영상으로 중앙청에 태극기가 게양되는 모습이 보인다. 애
국가 흐른다.

김포와 개성 사이의 한강 하구의 섬, 중도가 영상으로 보이다가
무대 한쪽 밝아지며 나뭇가지로 몸을 위장한 두 사람이 보인다.
김흥우(30대 중반의 남자)와 김우섭(어린 남자 아이)이다.
중도 정상 부근의 풀숲에 숨어 망원경을 통해 남에서 북으로, 북
에서 남으로 강을 건너는 사람들을 보고 있다.

해방이 되고 사람들은 자신들의 고향을 찾아, 또는 살 곳을 찾아
여기저기로 떠나고 있는 것이다.

무대 위에는 실제로 보이는 사람은 위장한 두 사람뿐이고 강을 건
너는 사람들과 마을 사람들의 모습, 마치 피난 행렬 같은 모습들
모두가 영상을 통해 보인다. 옛 김포와 개성 사이의 한강 주변 풍

경이 보이기도 한다.

영상디자인을 통해 영상으로 보이는 모습이 망원경의 렌즈를 통해서 보이는 모습인 것을 관객도 알 수 있다. (만일 영상으로 표현이 어렵다면 무빙 조명으로 망원경을 통해 두 사람이 보고 있는 곳을 표현하고 객석의 관객을 남북 양쪽의 사람들과 피난민으로 설정하여 표현해도 좋다.)
영상의 전체적인 톤은 흑백 영화나 오래된 필름을 보는 느낌이면 좋겠다.

두 사람은 망원경으로 여기저기를 살피며 조심스럽게 대화를 한다.

어린 우섭   아버지, 엄청 많은 사람들이 강을 건너요. 남에서 북으로, 북에서 남으로. 무슨 일이 났나 봐요. 이렇게 많은 사람들이 강을 건너는 건 처음 봐요.

김흥우   조심해라. 우섭아. 들키면 절대 안 된다.

어린 우섭   (망원경으로 보며) 아버지 헤엄치던 한 사람이 우리 섬에 멈췄어요.

김흥우   (우섭이 보는 곳을 본다) 힘들어서 쉬어 가려나 보다. 참, 소들은?

어린 우섭   동굴에 넣어 놨어요. (망원경으로 보며) 어, 저 아저씨 똥이 급했나 봐요. 강에서 나오자마자 숲으로 달려요. 바보같이! 누가 본다고! 여긴 우리 말고 아무도 없는데 그냥 거기서 눠도 되는데.

김흥우　똥 싸는 거 봐서 뭐하니. 다른 데 살펴 거라.

어린 우섭　네. 근데 아버지, 육지에 뭔가 큰 일이 난 것 같은데 저 아저씨한테 가서 한번 물어 볼까요?

김흥우　절대로 안 된다. 우린 지금 비밀 작전 중이야.

어린 우섭　혹시 저 아저씨가 전갈을 가지고 온 건 아닐까요?

김흥우　전갈을 가지고 온 사람은 딱 보면 느낌이 온다고 했다. 저 사람은 느낌이 안 와. 그냥 똥 누러 온 사람이야.

어린 우섭　근데 왜 아직도 전갈이 안 와요? 여기 온지 5년이나 됐는데.

김흥우　니놈이 갑자기 많은 사람들을 보니 마음이 흔들리나 보구나. 의심하지 말고 우린 우리 임무만 충실 하면 된다.

어린 우섭　제 임무는 누가 이 섬에 오는지 잘 살피고 소 잘 키우는 거 말고는 없나요?

김흥우　더 있다. 하지만 지금은 그게 니 임무다.

어린 우섭　저는 아바지가 말씀하시는 우리 임무가 뭔지 아직 모르는데 언제쯤 말씀해 주실 건가요?

김흥우　니가 조금 더 크면 다 알려 준다. 그 보다 양쪽 육지에 무슨 일이 있는 것 같긴 하니 잘 살피거라.

어린 우섭　네. 아버지.

무대 다른 곳에 조명이 들어온다.

수사관들에게 이야기를 하고 있는 백발의 김우섭이 보인다.

김우섭   우리 아바진 오직 조선의 독립만을 생각하시는 분이셨어. 1940년 5월 18일. 일자무식 농부였던 아버지 인생이 180도 달라졌어. 내 고향, 봄이 오는 마을 춘래리에 봄과 함께 손님이 찾아 오셨어.

무대 다른 곳에 조명이 들어오면 혜산군 혜산면 춘래리 주막.
30대 중반의 김흥우와 독립군은 등지고 각자 국밥을 먹으며 조심스럽게 대화한다.

김흥우   소를 팔아서라도 자금을 마련하겠습니다.
독립군   그건 동무 목숨이지 않소? 절대 안 됩니다. 내가 동무를 찾아 온 것은 자금 때문이 아니요!
김흥우   네? 그럼 무슨 일로?
독립군   우리 민족의 운명이 걸린 중대한 비밀임무에 대해 동무의 의사를 듣고 싶어서 왔소.
김흥우   동무?! 그것도 세 번이나 나를 동무라고 불렀소! 그건 지금 나를 독립군으로 인정해 주신다는 말씀입니까? 내 비록 이름 석 자도 쓸 줄 모르는 무식쟁이지만 내 아들 우섭이에게만은 이 나라 독립을 위해 목숨 바친 아버지로 남고 싶습메다. 뭐든 말씀만 하시라요.
독립군   좋습니다. 잘 들으시오. 남쪽으로 내려가면 개성과 김포 사이에 중도라는 무인도가 있소.
김흥우   김포와 개성 사이. 중도라는 무인도!

독립군　그곳으로 동무의 종자소를 데리고 가시오.

김흥우　내 종자소를?

독립군　거기 가면 우리 비밀요원이 제주 우도에서 데려온 암소 한 마리를 전해 줄 것이오. 동무의 우량 황소를 종자소로 하여 제주 우도의 우량 암소와 짝을 지어 새끼를 치고, 그 새끼가 또 새끼를 치고 그 새끼가 또 새끼를 치고 이 새끼가 또 새끼를 치게 만드는 것이오. 끊임없이 새끼가 새끼를 치게 하는 것이오. (김흥우, 감동한다) 그리하여 독립의 그 날이 오면 이 땅 한반도 방방곡곡 집집마다 소 한 마리는 기를 수 있도록 나눠 주는 것이 우리 독립군의 최종 목표입니다.

김흥우　자신 있습메. 우리 아버지께서도 소를 흥하게 하라고 내 이름을 흥우로 지으셨습메. 흥할 흥, 소 우! 흥우!

독립군　좋소. 그 다음! 송아지가 태어나면, 그 중에서 최고 우량종자소와 최고 우량 암소를 정한 다음에 그 소들 발에다 징표를 만드시오. 그리고 그건 독립군 소의 표식이니 비밀로 해야 합니다.

김흥우　발에다 징표를! 근데 내 종자소는 이미 왼발에 별표식이 있습메.

독립군　아니, 이런 우연이 인연처럼 운명이 될 줄이야. 흥우 동무는 독립군, 아니 우리 조선을 위해 태어났음이 분명하오. 여튼 왼발의 별 문양이 있으니 오른발에도 반드시 표시를 해서 종자소 징표를 만드시오.

독립군 마지막으로! 독립군의 전갈을 받기 전에는 절대 섬에서 나오지 말아야 하오. 다시 한 번 말하지만 징표 역시 절대 발설하면 안 됩니다.

김흥우 네. 명심하겠습니다. 그런데 전갈은 언제쯤 옵니까?

독립군 독립의 그날이 오면 전갈이 갈 것입니다.

김흥우 전갈을 가진 동무는 어떻게 알 수 있습니까?

독립군 (예상치 못한 질문에 당황하다가) 동무가 나를 알아 봤듯이 분명히 느낄 수 있을 것입니다.

김흥우 (걱정하며) 아! 저… 4살짜리 제 아들놈을 데려가도 되겠습메? 지 애미 일찍 죽고 우린 둘 뿐이라 어디 맡길 곳도 없습니다.

독립군 같이 살아야 가족이오. 헤어져 살면 되겠소? 당연히 데려가시오.

김흥우 고맙소. 근데 내래 동무라 불러도 되겠습니까?

독립군 동무보다 동지가 어떻소?

김흥우 (기쁨을 주체하지 못하고) 좋소. 동지! 동지 고맙소! (웃는다)

독립군 (깜짝 놀라) 조용히 하시오.

김흥우 (입 다물고 기쁜 표정으로 춤추며) 나 지금 하늘을 나는 기분이오. 동지, 그런 의미에서 우리 축배를 한잔 하는 게 어떻겠소?

독립군 좋습니다. 한잔 하시지요. 근데 김흥우 동지, (심각하게) 나는 술값이…,

김흥우 별 걱정을 다 하십니다. 여긴 내 나와바리…

독립군　(흥우의 뺨을 때린다) 나와바리?

김흥우　(엎드리며) 아, 죽을 죄를 졌습니다…

독립군　(감정을 추스르고) 좋소. 아름다운 우리말이 만천하에 꽃 필 그날을 기대하며 오늘만은 이보 전진을 위한 일보 후퇴로 약간의 쪽바리 말을 허용하겠습니다.

김흥우　아리가또! (한 대 더 때리려하자 서둘러 막으며) 일보후퇴!

독립군　아, 미안하오. 근데 생각보다 손이 빠르십니다.

김흥우　독립군이 이 정도는 돼야지요. 하하하! 주모! 여기 전부 막걸리 한 사발씩 주시게. 오늘은 소를 걸고 내가 쏘겠네!

독립군　나는 큰 사발로 주시오. 여긴 동지의 나와바리! 동시에 우리 땅 우리 나와바리! 조선에서 쪽바리가 완전히 사라질 그날을 위하여! 조선의 독립을 위하여!

독립군과 흥우는 흥겹게 노래하며 춤춘다.

함께　님아 님아 오너라. 독립아. 오너라!
　　　　꽃신 신고 사뿐 사뿐. 맨발로 성큼성큼
　　　　님아 님아 오너라. 독립아 오너라
　　　　눈물 마른 조선 땅에 단비처럼 오너라

두 사람 덩실덩실 춤추며 노래하는데 포성과 총성이 그들의 춤을 뒤덮는다.

무대 사방 벽에 6.25 한국전쟁 영상이 보인다.
폭파된 한강철교의 모습도 보인다.

사이렌 소리와 함께 비행기 공습, 기관총 소리, 폭탄 폭발음 등이
멀어지며 음악이 흐른다. "굳세어라 금순아" 같은…
영상은 1.4 후퇴를 떠올릴 수 있는 장면들이 펼쳐진다.

영상이 어느 정도 보이다가 모두 어두워지고 무대인 중도 강가가
흐리게 보인다.

중공군 2명이 중도에 나타난다.
흥우는 어린 우섭과 소를 숨긴 후 중공군에 맞서 싸운다.

결국 중공군은 죽고 흥우는 총상을 입는다.
어린 우섭, 아버지에게 달려온다.

어린 우섭   아바지 괜찮으세요? 아버지…!

김흥우   (상처를 부여잡고 아픔 참으며) 우섭아 잘 봐라. 넌 잘 모르겠지
만 저놈들은 일본 놈과는 또 다른 군복이다. 하는 말도 달
랐다. 중국 놈, 떼놈 들이다. 그래서 독립이 늦었던 거야.
지금 이 나라는 일본 놈, 중국 놈, 또 서양 놈들까지 난리
굿판을… 독립은 아직 멀고도 멀었구나…! 우섭아, 정신
바짝 차려야한다.

어린 우섭	아버지…
김흥우	전갈이 오기 전까지는 이 섬에서 절대로 나가면 안 된다.
어린 우섭	(울며) 네. 아바지. 아바지, 힘내시라요.
김흥우	이놈아! 울지 마라! 독립군이 왜 울고 그러니!
어린 우섭	네, 아바지.
김흥우	이제 최고 우량 종자소의 비밀을 알려줄 때가… 아~! 아프구나! 윽, 최고 우량종자소… 황소, 암소, 태어날… 왼발에 별이 있지비… 그놈들 중 최고를 찾아 오른발… 태극을 새겨…, 이놈아! 아바지 힘쓰는 거 안 보이니? 귀, 가까이 대라우.

동이는, 귀를 가까이 댄다. 흥우는 동이 귀에 중얼거린다.

김흥우	알갓지?
어린 우섭	네, 아버지.
김흥우	(가쁜 숨을 내쉰다) 따라 해라 이놈아! 왼발에 별!
어린 우섭	왼발에 별!
김흥우	오른발에 태극!
어린 우섭	오른발에 태극!
김흥우	(가쁜 숨을 쉬며 쓰러진다) 명심해라!
어린 우섭	네, 아바지. 아바지, 한 가지 질문이 있습니다.
김흥우	그래. 빨리 말해라.
어린 우섭	송아지 중에 누가 종자소인지 어떻게 알 수 있습니까?

김흥우　(힘들게) 좋은 질문이다. 큰 일 날 뻔했구나. (벌떡 일어난다)

어린 우섭　(놀라서) 아바지!

김흥우　바로 놈의 물건!

어린 우섭　(뭔가 잡는 시늉을 하며) 물건!

김흥우　(힘이 솟아난다) 그렇지, 물건! 손에 탁! 쥐었을 때…

어린 우섭　탁!

김흥우　백두산의 정기가 느껴지면 바로 그놈이 종자소인 것이다. 우리 소, 우리 종자소 백두처럼 타고난 왼발의 별표와 백두산 정기 가득 찬 물건, 그리고 니가 새긴 오른발의 태극 문양! 절대 잊어서는 안 된다! (쓰러진다)

어린 우섭　(놀라서 다가가며) 어, 아바지! 그럼 최고 우량 암소는요?

김흥우　아차, 그게 또 있었지. (일어난다) 큰일 날 뻔했구나! 놈의 젖!

어린 우섭　젖!

김흥우　바로 젖이다! 그놈 역시 니가 만져 보았던 한라의 젖 같은 그 포근함과 따뜻함, 그 느낌이 오면, 역시 그놈 오른 발에 태극을 새겨 주어라. 타고난 왼발의 별표와 포근하고 따뜻한 타고난 젖, 그리고 니가 새긴 오른발의 태극! 절대 잊지 마라.

어린 우섭　(흥우의 말 복창하듯) 그 두 종자소는 니가 관리하고 나머지 소들은 강을 통해 들을 통해 남쪽과 북쪽으로 보내면 된다. 그럼 백두와 한라의 새끼가 조선 땅 곳곳에 새끼를 치고, 그 새끼가 또 새끼를 치고, 그 그 새끼가 또 새끼를 치고, 그 그 그 새들이 계속 새끼를 쳐, 우리 땅 한반도 방방곡곡에서 대대손손 오순도순 즐겁게 살아갈 것이다. 그리고 넌! 독립의 전갈이 오기 전까지는 절대로 여기서 나가서는 안 된다. (흥우, 쓰러진다) 어, 아버지. (흥우를 깨우며) 아버지~!

김흥우 (겨우 일어나서) 우섭아, 소처럼 뚝심 있게 살아야 한다. 전갈이 곧 올 테니 믿고, 참고, 버텨라. 넌 살아서 반드시 우리의 독립을, 꿈을 이뤄야한다.

어린 우섭 (울먹이며) 아바지, 난 글도 모르고…

김흥우 (격앙되어) 글! 모른다고 쪽팔린 거 아이다. 글은 몰라도 나라 중한 것은 알잖느냐?

어린 우섭 네. 이바지!

김흥우 글은 우리가 사느라 바빠서 못 배웠으니 이제부터 배우면된다. 그 전에 넌 독립군의 아들이자 비밀요원이다. 자긍심을 가져라. 니 손에 소의 운명이, 너와 소한테 민족의 운명이 달렸다. 옛날, 춘래리 촌장님이 니 이름을…

어린 우섭 (습관처럼 복창하듯) 내 이름은 소 우, 빛날 섭, 우섭! 김우섭!

김흥우 그렇지! 우섭! 김우섭 (우섭, 다가간다) 아버지는 우섭이를 믿는다. 참, 백두와 한라가 죽거든 꼭 고향에 묻어… (우섭을 안으며 죽는다)

어린 우섭 (울며) 아바지, 아바지… (흥우의 몸이 점차 기울어 우섭이 흥우 밑에 깔린다) 아빠, 아빠, 아파… 아파, (오열하며) 아버지~!!

소 울음소리 들리며 무대 다른 곳에 조명 들어오면 백발의 우섭이

78

보인다.

수사관1은 우섭과 얘기 나누고 수사관2는 통화중이다.

김우섭   내 임무가 뭐냐고? 백두, 한라 고향에 뿌려주고 나도 편히
         눈 감는 거! 그럼 끝나.

수사관1 영감님, 옷이 옛날 옷이 아네요. 말이 되는 소리를 하세요.

김우섭   여름이면 강에 다 떠내려 와. 짐승, 궤짝, 세간 살이, 옷. 온
         갖 것들이 다. 그거 주워서 살았지. (수사관1 눈 보고) 저 눈
         봐라. 딱하다. 사람 말을 어찌 저리 못 믿어! 딱해!

수사관2 (전화 끊고) 과장님, 북의 협조 없이는 알 수 없을 것 같다는
         데요.

수사관1 니미, 비밀로 하라면서 협조를 어떻게 받아! 미치겠구만!

수사관2 영감님, 1937년생 소띠, 고향이 함경남도 혜산군 혜산면
         춘래리 확실한 거죠?

김우섭   본래 거기지만 이제 내 고향은 내가 살던 섬이지. 중도!
         이제 난 한라, 백두 고향에 뿌려주고 다시 거기 가서 살다
         가 아버지 곁에서 죽을 거야.

수사관1 (핸드폰 받는다. 놀라며) 예? 예, 알겠습니다. (전화 끊고 TV 켠다)

뉴스 나온다. 남한 뉴스에 나오는 북한 뉴스.

북 여앵커 오늘 새벽 02시부터 04시 28분까지 남조선 해병대가 완
          전무장을 하고 서쪽 한강 하구 비무장지대의 섬 중도를

침범하는 군사도발을 하였다. 귀신 잡는 해병이라고 우쭐대는 남조선 해병은 잡겠다는 귀신은 잡지 않고 순수하고 똑똑한 초등학교 5학년 아이와 우리 공화국이 인도적 차원에서 찾아 달라고 제안한 소 한 마리를 강제로 포박하여 남측으로 끌고 간 것이다. 우리 소를 공화국에 전해 주려는 아이의 순순한 마음을 깔아뭉개고 아이와 소를 강제로 끌고 간 남조선의 파렴치 하고 야만적인 행위와 국제협약을 무시하고 비무장지대 내에서의 무장군사행동을 감행한 남조선의 도발에 대해 상상조차 못할 대가를 백배천배 치르게 될 것을 엄중히 경고한다. 또한 우리 공화국이 5년 전 잃어버린 소가 남조선에 있다는 정보를 입수하여 남조선에 인도적 차원에서 우리 소를 찾아 돌려 달라는 제안을 한 것에 대해 진짜 소가 있는데도 불구하고 엉뚱한 가짜소를 데리고 나오는 오만불손한 행동으로 우리 제안을 개무시한 것에 대해서는 남조선을 불바다 피바다로 만들어 남조선 인민의 울음소리가 하늘을 찌르게 되는 초유의 사태를 겪게 될 것을 엄중히 경고하는 바이다.

채널을 돌린다. 통일부 대변인의 입장 발표가 나온다.

대변인   통일부 대변인입니다. 이번 비무장지대내의 군사작전은 북한의 소를 찾아 돌려주려는 과정에서 일어난 일로 북한을 향한 도발이 아니라는 점을 명백히 밝히는 바이다. 우리 군이 중도에서 구출한 아이는 북한에 소를 돌려주기 위해 그 섬을 간 것이 아니고 소를 타고 놀다가 소가 그곳으로 헤엄쳐 가는 바람에 섬에 들어가게 된 것이다. 이에 대한민국 정부는 우리 국민을 보호하기 위해 어쩔 수 없이 감행한 군사 작전에 대해 북한의 이해를 구하는 바이고 아울러 북한은 아이에 대해 과대 포장과 거짓 선전을 멈춰 줄 것을 요구하는 바이다.

채널을 돌린다. 북의 방송이 나온다.

북 여앵커 파렴치한 남조선 정부의 입장 발표를 듣고 우리는 분노를 금할 수 없다. 국제 협약을 어긴 것이 분명한데도 사과 한마디 할 줄 모르는 남조선의 오만함에 대해 분명한 응징을 할 것이다. 또한 인도적 차원에서 찾아 달라고 한 우리 소의 반환과 더불어 지난 5년 동안 우리 소가 퍼뜨린 자손 소에 대해서도 모두 돌려 줄 것을 요구하는 바이다. 남조선이 감금하고 있는 소는 북조선 인민들을 위한 위대한 백두혈통의 최고 우량 종자소이다. 우리는 남조선이 그 소가 북의 최고 우량 종자소인 것을 알고 유괴 납치 감금하여 강제로 남조선 암소와 짝짓기를 시키고 우리의 우수한 품종을 날로 처먹으려는 저의를 잘 알고 있다. 이에 우리는 남조선에 대해 국제사법재판소에 제소할 것이며 우리 소의 소유권을 확실히 하고 그동안 발생한 모든 손해에 대해 손해배상을 청구할 것이다.

수사관1, 채널을 바꾼다. 남한의 여자 앵커가 뉴스를 전한다.

남 여앵커 청와대는 비무장지대 소 사건 관련하여 현재 국가안전보
장회의를 진행 중이고 법무부와 외무부에서는 북한의 소
송에 대한 법률적 검토에 들어갔다고 합니다. 관련 소식
은 들어오는 데로 보도해 드리겠습니다. 다음은 부동산
소식입니다.(앵커는 소리 없이 뉴스를 전한다)

수사관1 이게 말이야, 막걸리야? 계장님, 쟤들 얘기가 가능합니까?

수사관2 글쎄요. 저보다는 행시 수석하신 과장님이 더 잘 아실 것
같은데요.

수사관1 (계장을 보고) 아니, 제 얘기는 상식적으로 가능 하냐… 뭐
그런 말이잖아요. 계장님 요즘 많이 까칠하세요.

수사관2 행시 수석하신 분이 잘 아실 텐데 저 같은 계장 나부랭이
가 아는 게 뭐 있다고 나서겠…

수사관1 계장님!

김우섭 이봐. 젊은이, 저기 상자에 들어앉은 사람들이 말하는 소
얘기가 대체 무슨 얘기야?

수사관1 영감님, 누구 약 올려요? 무슨 얘긴 무슨 얘기예요. 영감
님이랑 같이 있던 소 얘기죠.

김우섭 (허튼 웃음) 허허, 그 사람들 이상하네. 사우 놈 얘길 하는데
왜 소 주인인 내 얘기는 한마디도 안 해? 그놈은 내 소인데!

남 여앵커   속봅니다. 네델란드 헤이그에 있는 국제사법재판소에서 비무장지대 소 사건과 관련하여 북한의 제소를 받아들이기로 했다는 속보가 막 들어왔습니다. 자세한 소식은 들어오는 대로 전해드리도록 하겠습니다. 잠시 전하는 말씀 듣고 오겠습니다.

'치안의 나라, 총기 없는 나라, 가장 안전한 나라', 한국관광CF 나오면서 암전된다.

12장. 우화 (牛話, 寓話)

DMZ내 임시 재판정. 오후.

음악이 흐르는 가운데 조명 들어오면 무대 한 곳에 국제사법재판소 로고 그려진 재판정 탁자가 보인다. 다른 쪽에 왕소가 보인다.

인물들 등장하여 서로 인사 나누며 DMZ의 자연 속에 임시로 마련된 의자 및 여기저기에 자리를 잡는다. 마을 사람들도 방청객으로 와 있다.

동물들, 정령들도 보인다. 이들은 재판정 주위에서 낯설고 이상한 광경을 보듯 재판을 지켜보며 즉흥적 반응을 하기도 한다. (이 장면은 국제사법재판소의 재판이란 점에서 외국어가 같이 쓰일 수도 있다.)

서양 재판정의 고전적 머리와 법복의 판사가 등장하자 모두 자리에서 일어나고 판사가 앉은 후 모두 자리에 앉는다. 판사 옆에 통역이 있다.

판사의 신호로 음악 멈춘다.

재판 진행되는 동안 통역은 판사에게 동시통역을 하는 모습이다.

통역의 한국말은 서툴고 때론 사투리가 나오기도 한다.

판사가 망치를 두드린다.

통역 　모두 정숙해…, 요! 2017년 0월 0일 오후 2시(날짜 변경 가능함), 조선민주주의인민공화국의 요청… 제소에 의한 국제사법재판을 시작해요. (판사, 봉을 두드리면) 북측 증인 시작해요.

북측 증인 　안녕하십니까, 저는 조선민주주의인민공화국 혜산 소 사육 농장 소장입니다. 이 소는 분명 우리 소입니다. 내가 2007년부터 5년 동안 직접 길렀습니다. 왼쪽 발에 별 표식은 공화국의 혜산 소 사육농장 표식이고 오른 발 태극은 저 소만의 특징입니다.

남측 변호사 　판사님. 그 표시는 우리도 인정합니다. 우리가 그걸 인정하듯이 홍수로 인해 다 죽게 생긴 소를 구출하여 건강하게 길러온 우리의 노력을 북한도 인정해야 합니다.

북측 변호사 　당신들이 우리 표식을 인정했으니 우리 소가 확실합니다.

북측 증인 　이 소는 일반 소와는 다른 아주 특별한 소입니다. 강한 번식력을 가진 엄청나게 힘이 센 소입니다. 위대한 백두혈통 적통자 종자소!

북측 변호사 　맞습니다. 우리 소의 강력한 번식력을 탐내서 저들은 우리 소를 강제로 억류하고 강제로 짝짓기를 해서 새끼를 까고 그 새끼가 또 새끼를 까서…

통역 　변호인, 신성한 법정에서 새끼새끼 욕하지 말아요.

북측 변호사 　이 새끼는 그, 욕 새끼가 아니고 거 머나 … 베이비, 스몰 카우. 두 유 언더스탠?

통역 　그거예요? 착각했어요. 아 임 쏘리! 한국말 어려워. 계속

해요.

북측 변호사 하여간… 소들이 점점 많아져서 개성 건너 김포, 인천, 강화까지 강가에서 뛰어 노는 소들이 몇 년 사이에 엄청 늘었습니다.

남측 변호사 저 소는 우도리에만 있었습니다.

북측 변호사 거짓말 마시라요. 우도리는 고삐도 안 매는 마을인데 소 동무가 어디를 다녔는지 당신들이 어케 알아? 서쪽 한강 변을 찍은 위성사진만 봐도 매년 5천 마리는 늘었디. 저 소가 새끼를 까고 그 새끼들이 또 새끼를 까서 2만 5천 마리는 되지. 우린 그동안에 남조선이 납치하고 억류하고 있는 우리 소들을 돌려 달라는 기야.

남측 변호사 이의 있습니다. 납치, 억류라니 억측입니다. 증인을 신청합니다. 증인 들어오세요.

동이 (들어오며 반갑게) 왕소야! (판사에게 천진하게) 안녕하세요?

통역 (동이 말 번역하며 동이처럼) Hi, judge! (판사가 의아해 하자 아이의 인사라는 제스처를 보인다)

남측 변호사 여기 있는 소년 한동이는 5년 전 지금 왕소로 불리는 이 소를 처음 발견했고 지금까지 함께 지냈습니다. 동이군, 왕소는 어디서 살고 있죠?

동이 (변호사가 판사를 향해 말하라는 제스처를 하자 판사를 향해) 왕소는, 여기저기요. 우도리랑 중도랑 왔다 갔다 해요.

북측 변호사 중도는 아무나…

남측 변호사 (자기 차례라는 뜻으로 손들고) 다른 곳에 가는 걸, 본 적 있니?

동이   강을 통해 섬에 가는 거 말고 다른 데는 못가요. 육지는 철 조망이 다 둘러쳐져 있잖아요. 아줌마도 알잖아요.

남측 변호사   얘, 나 아직 결혼 안했어. 아줌마 아니야. 쪼그만 게 버릇 없이.

북측 변호사   꼬마 동무 똑똑하네. 보는 눈이 있어. (웃으며) 동무, 아줌마 같애!

남측 변호사   성희롱으로 고소할 수도 있어요. 예의 좀 갖추시죠.

북측 변호사   요거이 희롱이야? 보이는 대로 말한 것인데 고소를 하네? 내래 남조선 예의를 몰라서! 미안하오. 동무! 꼬마 동무, 내가 묻는 말에 답 잘 하라우.

동이   저는 꼬마동무가 아니고 한동인데요. 마이 네임 이즈 한 동이!

북측 변호사   알갓어. 한동이. 그럼 증인이라고 하갓어. 증인, 증인이 볼 때 저 왕소가 우도리에서 중도에 가듯이 중도에서 북한으 로 헤엄쳐 갈 수 있갓어, 없갓어?

동이   왕소는 수영을 잘 해요.

북측 변호사   글지. 잘 하니까 중도를 갈 수 있었갓지. 고건 다시 말해 북으로 가는 것도 가능하다는 말이디. 좋소, 증인 동무, 동 무는 중도 섬에 어케 갔어?

동이   어깨요? 어깨 아니고요 등에 타고 갔어요.

북측 변호사   요거이 무슨 귀신 씻나락 까먹는 소리야? 하여튼 소 등에 타고 갔단 말이디!

통역   귀신 씻나락… 그거 뭔 말이야?

남측 변호사 그냥 넘어가도 되는 겁니다.

통역 아, 네. 넘어갔단 말이야. 한동이군, 철조망 넘어서 갔어요?

남측 변호사 아니, 제 말은 그게 아니고…

동이 아니요. 논에서 강으로 통하는 수문 통해서 갔어요.

통역 한동이 증인, 거기 가면 안 된다는 표시가 있는데 왜 거길 갔어요?

동이 왕소는 가면 안 되는지 몰라요. 출입금지 글자를 못 읽잖아요. 나는 왕소에 타고 있으니까 왕소가 가면 나는 그냥 가는 거죠.

북측 변호사 재판장님, 이 얘기는 다시 말하면 소는 글자를 모르니까 어디든지 다 다닐 수 있다는 말입니다.

남측 변호사 동이군, 소가 왜 중도를 다녔습니까?

동이 밥 먹으러 가는 거예요. 중도에는 농약도 안치고 그냥 자란 풀들이 많거든요. 할아버지한테 물어보면 다 아는데. 할아버지는 왕소가 가고 싶으면 가고 오고 싶으면 오고 맘대로 한다고 했어요. 먹을 수 있는 것도 냄새 맡으면 다 안다고 했어요. 왕소는 할아버지가 제일 잘 알아요. 같이 사니까!

통역 Ask Grandpa? (사이) 누구 할아버지?

남측 변호사 판사님, 소는 자신의 생존을 위해 강을 건너 다녔습니다. 그리고 남한의 친구인 한동이군에게 항상 돌아왔고, 우도리에서 일을 했고, 행복했습니다.

북측 변호사 행복이 아니지. 당신들은 종자소의 노동을 착취한 거야.

강제억류! 노동착취!

남측 변호사 강제억류, 노동착취라니?!

판사 (봉 두드림) 탕, 탕, 탕!

동이 판사님, 소가 살고 싶은 곳에서 살게 해 주세요. 왕소가 편하게 살 수 있는 곳에 살게 해 주세요.

통역 동이군, 좀 전에 할아버지가 다 안다고 했는데 그거 뭔 말이야?

남측 변호사 제가 답하겠습니다. 바로 그 할아버지, 증인 신청합니다.

음악 흐르며 백발의 김우섭, 유골함 두 개를 들고 증인석으로 나온다.

우섭 들어오자, 동이와 왕소가 우섭 쪽으로 가서 반갑게 인사 나눈다.

우섭 재판정 앞 어딘가에 선다.

남측 변호사 증인은 누구십니까?

우섭 (변호사를 보며) 나? 이미 다 얘기했잖아.

남측 변호사 (판사를 향해 말하라는 제스처 하고) 여기 계신 모든 분들이 들을 수 있게 다시 한 번 말씀 해 주십시오.

우섭 나는…, 나는 조선 사람 김우섭이요.

남측 변호사 조선은 대한민국의 옛날 이름입니다. 다시 묻겠습니다. 증인은 누구십니까?

우섭 나는, 대한제국 사람, 김우섭이요.

남측 변호사 증인의 고향은 어디고 지금 사는 곳은 어디십니까?

우섭 내 고향은 함경남도 혜산군 혜산면 춘래리이고 나는 지금 중도에 살고 있소.

남측 변호사 혜산면은 예전엔 함경남도였지만 지금은 양강도 혜산시 입니다. 중도에서 누구와 살고 있습니까?

우섭 내 소, 사우와 살고 있소.

남측 변호사 사우는 지금 어디 있습니까?

우섭 (귀찮은 듯) 니들은 눈이 없니? 저기 있잖아.

남측 변호사 증인 김우섭은 1937년 함경남도 혜산군 혜산면 춘래리에 서 태어났습니다. 1940년, 증인은 독립군인 아버지 김홍 우와 함께 우량 소사육과 번식의 특수임무를 부여받고 무 인도인 중도에 들어가 비밀리에 소를 사육하였습니다. 조 선이 독립되었으니 중도에서 나와도 된다는 독립군의 전 갈을 받지 못해 남북한이 갈린지도 모른 채로 지금까지 중도에 숨어서 소를 기르며 살았던 것입니다. 증인은 70 여 년 동안 소가 새끼를 낳고 나면 항상 최고우량종자소 암수 한 쌍만을 남겨두고 나머지 우량 소들은 한강, 예성 강, 임진강 및 육로를 통해 남쪽과 북쪽으로 보냈습니다. 그 소들이 지금 남북 휴전선 접경지역 및 한반도 방방곡 곡에 있는 소들의 조상 소로 보입니다. 그리고 왕소는 북 으로 보내졌다가 5년전 홍수로 떠 내려와 현재는 남한에 살고 있는 소입니다.

북측 변호사 변호사 동무! 지금 소설 씁네까?

남측 변호사 사실이니, 직접 물어 보십시오.

북측 변호사 동무, 정확히 혜산면 춘래리 어디메요?

우섭 그냥 춘래리야. 그냥 혜산면 춘래리!

북측 변호사 동무 고향이 춘래리면 그 많은 소들도 다 춘래리 출신 아니갓서?

우섭 춘래리 출신 맞아. 사우 현조 할애비, 그러니까 4대조 할애비 백두 고향도 춘래리야. 어릴 때 나랑 같이 중도에 왔지. (유골함 만지며) 그놈이 지금 이놈이야.

남측 변호사 증인, 사우, 왕소의 할머니는 어디서 왔습니까?

우섭 저번에 제주 우도에서 왔다고 말했잖아! 밭이 좋아. 해마다 새끼 한 마리씩 꼭 낳았어. 그 새끼들도 바로 바로 새끼를 쳤고. 그래서 빨리 번식을 했지. 아버지와 나는 우량 소들을 잘 키우고 또 잘 큰 놈들을 남쪽으로 북쪽으로 보내는 게 임무였어.

남측 변호사 왕소의 4대조 할머니는 제주 우도가 고향입니다. 남한 땅입니다.

북측 변호사 암소 고향이 제주라 하더라도 아버지 쪽이 혜산에서 왔으니 우리 공화국 소가 확실합니다.

남측 변호사 저 소는 남쪽 마을 우도리에 5년이나 살았습니다. 거주자 우선주차 구역이 있듯이 거주지가 남한인 만큼 남한 소가 확실합니다.

북측 변호사 그건 말이야 막걸리야? 하여간 동무, 지금 뿌리를 부정하는 기야?

남측 변호사 지금이 어느 때인데 뿌리 얘기를 합니까?

우섭 니들 뭐라 씨부리는 거니? 니들 지금 갈라섰다면서? 그래 봤자 니들 한 뿌리야. 싸우지 마. 그리고 니들 소가 아니라 우리 소야.

양측 변호사 그렇지요. 우리 소!

우섭 니들이 아니고 우리! 우리 다! 니들이 자꾸 싸우고 우기고 그러면 나 안 해. 계속 싸울 거면 이 소는 우리 소가 아니고 내 소야, 내 소!

북측 변호사 동무! 동무는 혜산, 춘래리가 고향 아니오?

우섭 기래서?

북측 변호사 (격하게) 조선민주주의인민공화국에서는 동무의 소가 바로 공화국의 소란 것을 명심하시오.

우섭 (더 격하게) 이건 무슨 개 풀 뜯어 먹는 소리네!

남측 변호사 이의 있습니다! 증인을 협박하고 있습니다.

통역 누가 누구에게 협박하는 거예요? … (북측 변호사에게) 변호인은 신성한 법정에서 증인에게 윽박지르지 말아! … 말라요! 증인도 소리치지 마세요.

우섭 닥치라우. 니들이 어떻게 해야 할지 잘 모르면 그냥 저놈한테 물어봐. 저놈 생각을 들어보면 알거 아냐? 왜 니들끼리 지랄이니? 당사자한테 물어보면 될 걸 가지고!

사람들은 소에게 물어보라는 우섭의 말에 비웃기라도 하듯 한마디씩 한다.

남측 변호사 김우섭 할아버지 괜찮으세요?

북측 변호사 이 동무 미친 거 아니네? 소한테 뭘 물어본다는 기야!

통역 증인 미쳤니?

우섭 미친 건 니들이야! 물어 보면 안다고! 안 그러니 사우야?

왕소 음메~!

우섭 (웃으며) 그렇다잖아. 남쪽에 오래 있었으니 당신이 먼저 물어 보라우!

판사 (봉 친다)

우섭 (판사를 향해 호통 치듯) 니는 가만 있으라우!

통역 (판사에게, 우섭을 따라 호통치며) 니는 가만 있으라우! (사이) Oh, sorry. Shut up. just see!

남측 변호사 (어색해서 떠듬떠듬 묻는다) 소야, 니가 있고 싶은 곳이 남한이지?

왕소 음메~

우섭 (북측 변호사에게) 동무도 물어 보라우.

북측 변호사 짐승도 고향 말을 더 잘 알아 듣갓지! 소 동무, 동무가 있고 싶은 곳이 북조선 혜산 맞디?

왕소 음…!? 음메~

판사 (봉 치며) Are you kidding me now?

통역 당신들 지금 장난해요?

판사 This is the holy court of the International Court of Justice.

통역 여긴 신성한 국제사법재판소 법정이에요.

판사   I will not forgive the any act of contempt of the courts.

통역   법정을 모독하는 행위는 용서하지 않겠다.

판사   Counselor, if you do not have more, send your witness down.

통역   변호인, 더 없으면 증인 내려 보내요.

남측 변호사 네. 알겠습니다. 증인 내려오시죠.

갑자기 판사 쪽으로 다가가는 우섭을 보며, 사람들은 우섭을 말리려고 하지만, 우섭의 기에 눌려 선뜻 나서서 말리지 못한다.

우섭   (판사에게) 넌 뭐라 씨부리는 거네? 입 닥치고 조용히 있으라우! 우리 아직 독립을 못한 거니? 우리 일을 왜 다른 나라 놈들이 감 놔라 배 놔라 하는 기야? (양측 변호사에게) 이보라우, 나는 그저 내 나라 내 땅, 내 고향에서 내 소랑 살려는 것뿐인데 왜 저 말도 안 통하는 것들이 나서는 거야? 웃기는 놈들이구만! 나 이제 이놈들 뿌려주러 가도 되는 거네? (사이) 왜, 아직 못 가네? 가면 안 되는 기야? 그동안 남북 양쪽으로 보낸 한라와 백두 자손들 덕에 니들 모두 잘 먹고 잘 살았으니 이놈들 죽어서라도 고향 정도는 가게 해주는 게 도리 아이니? 그런 거 허락을, 말도 안 통하는 저놈들한테 받아야 하는 기야? 나는 뭐가 뭔지, 당최 이해가 안 돼.

판사	(봉 치고) Mr. Kim Woo Seop, I'll ask you one last time.
우섭	또 뭐라 씨부리는 거네?
통역	마지막으로 물어요.
판사	Who are you?
우섭	닥치라우!
통역	당신은 누구예요?
판사	What is this! Hey, what is say him?
통역	(판사에게) What is this! Shut the mouth! oh. my god. 죄송해. sorry. Kim Woo seop, say!
우섭	(화내며) 닥치라우~! (사이) 내 가족은 이제 저놈, 저 소 밖에 없어. 니들이 뭐라 해도 나는 저놈이랑 우리 중도에서 살 거야. 아래, 위로 다 다니면서! 니들이 나를 도와 줄 거면 (유골함 들어 보이며) 이놈들, 사우, 왕소 현조 할애비, 백두, 현조 할매, 한라! 이놈들. 저희들 고향, 백두산에, 한라산 에 묻어 주고, 왕소랑 나는 중도에서 편하게 살 수 있게 해 주면 되는 거야. 사람도 짐승도 다 고향이 그리운 법 아이 겠니! 안 그러니? 사우야!
왕소	음메~.
우섭	동이야.
동이	네.
우섭	너, 나 처음 만났을 때 내가 누구냐고 물었지?
동이	네. 할아버지.

우섭   아직도 내가 누군지 모르겠니?

동이   이제 알았어요. 할아버지는… (장난스럽게 소 흉내 내며) 음메~!

우섭   그래 맞다. 내가 소다. 내가 소야. 음메~!

왕소   음메~!

동이/우섭   음메~!

왕소와 우섭, 동이의 소 울음소리가 점차 커진다.

점차 커지는 소 울음소리가 산 속 재판정에 메아리로 울린다.

귀가 찢어질 듯 커지는 소 울음소리!

통역   (판사 봉 치며) 모두 정숙해요!

재판정의 사람들이 두려운 모습으로 서로를 본다.

두려움과 공포가 뒤섞여 소리치는 데 모두 소 울음으로 들린다.

거친 소 울음 고조되며 모든 인물들이 소싸움을 하는 모습으로 뛰고 달리고 부딪히고 넘어지고 쓰러진다.

잠시 동안 격렬한 소싸움이 진행 되다가 거친 왕소의 울음소리에 모든 싸움 멈춘다.

우섭   이놈들아, 니들 뿔은 니들을 지키라고 있는 거야. (소들에게, 사람들에게 손짓 하며) 훠이~ 훠이~!

우섭의 손짓에 잠시 정적이 있은 후 싸우던 사람들이 소에서 인간으로, 정령으로 변하며 휴전선을 인식하듯 갈라져서 길을 만든다.

판사와 통역, 남북 변호사들이 길을 막으려 하지만 정령들이 그들을 몰아낸다.

우섭과 동이, 왕소 일행이 동물들, 사람들이 만든 길을 걸어간다. 석양 속으로 걸어가는 그들의 긴 그림자가 DMZ의 임시 재판정에 길게 드리워진다.

우섭   동이야, 사우야, 우리 새 집을 지어야겠다. 어디에 지을까? (남도 북도 아닌 곳을 가리키며) 저기 어떠니? 그래, 우리 저기서 살자! (걸어가다 뒤돌아 큰 소리로) 이보게들~! 인간들이 소만도 못하면 쓰나! 적어도 소만은 해야지!

동이의 풀피리 소리 울리는 가운데 셋은 계속 걸어간다.
그들 주변으로 동식물, 정령들이 춤추듯 따라간다.

평화로운 음악이 여운을 만들며 막이 내린다.

한국 희곡 명작선 125

소

초판 1쇄 인쇄일 2022년 11월 1일
초판 1쇄 발행일 2022년 11월 7일

지 은 이   윤정환
만 든 이   이정옥
만 든 곳   평민사
　　　　 서울시 은평구 수색로 340 〈202호〉
　　　　 전화 : 02) 375-8571 / 팩스 : 02) 375-8573
　　　　 http://blog.naver.com/pyung1976
　　　　 이메일 pyung1976@naver.com
등록번호   25100-2015-000102호
ISBN   978-89-7115-066-5 04800
　　　　 978-89-7115-663-6 (set)
정 　가   9,000원

이 책은 사단법인 한국극작가협회가 한국문화예술위원회의 2022년 제5회 극작엑스포
지원금을 받아 출간하였습니다.